アニメ版 ブラック・ジャック

オペの順《じゅん》番《ばん》

原作／手塚治虫

アニメ版《ばん》ブラック・ジャック

もくじ

ブラック・ジャック（間《はざま》 黒男《くろお》）　正規《せいき》の医師《いし》ではないが、天才的《てんさいてき》な外科技術《げかぎじゅつ》によって、困《こん》難《なん》な手術《しゅじゅつ》を成功《せいこう》させる人物《じんぶつ》。「神《かみ》の手《て》をもつ男《おとこ》」ともよばれるが、ばく大《だい》な手《しゅ》術料《じゅつりょう》を要求《ようきゅう》することから、「悪徳医師《あくとくいし》」と軽《けい》べつされることもある。

ピノコ　ブラック・ジャックのただひとりの家族《かぞく》。外見《がいけん》も話《はな》し方《かた》も子《こ》どものようだが、本当《ほんとう》はおとなであるという出《しゅっ》生《しょう》のひみつをもつ。

【ピノコの独特《どくとく》なしゃべり方《かた》の意味《いみ》】

ちぇんちぇい…先生《せんせい》

奥《おく》たん…奥《おく》さん

アッチョンブリケ…おどろいたときにあげる声《こえ》

ブラック・ジャックの物語《ものがたり》

ブラック・ジャックの顔《かお》や体《からだ》じゅうにのこる大《おお》きな手術《しゅじゅつ》あとには、不発弾《ふはつだん》の爆発《ばくはつ》によって大《おお》けがをおってしまった少年時代《しょうねんじだい》の悲《かな》しい過去《かこ》がきざまれている。彼《かれ》の命《いのち》をすくったのは本間丈太郎医師《ほんまじょうたろういし》だった。生死《せいし》の境《さかい》をさまよう大手術《だいしゅじゅつ》がくりかえされ、そのあとの長《なが》くつらい訓練《くんれん》を乗《の》りこえて、少年《しょうねん》は生《い》きかえった。

おとなになった彼《かれ》は、本間医師《ほんまいし》のようなすぐれた医師《いし》になることをめざしていたが、いつしか、正規《せいき》の医師免許《いしめんきょ》をもたないモグリの医師《いし》となっていた。

天才的《てんさいてき》な外科手術《げかしゅじゅつ》の腕《うで》を発揮《はっき》し、かわいい相棒《あいぼう》のピノコといっしょに、ブラック・ジャックは、あらゆる病気《びょうき》に立《た》ちむかっていく。

写楽《しゃらく》 和登《わと》の弟《おとうと》で中学生《ちゅうがくせい》。ピノコと知《し》りあい、友《とも》だちになる。気《き》が弱《よわ》い性格《せいかく》。

和登《わと》 写楽《しゃらく》の姉《あね》で高校生《こうこうせい》。心《こころ》やさしく、弟思《おとうとおも》いだが、性格《せいかく》は勝《か》ち気《き》。自分《じぶん》のことを「ぼく」とよぶ。

本間久美子《ほんまくみこ》 本間丈太郎《ほんまじょうたろう》の娘《むすめ》。和登《わと》の友《とも》だちで、女《おんな》の子《こ》らしい性格《せいかく》。

本間丈太郎《ほんまじょうたろう》 医師《いし》。ブラック・ジャックの命《いのち》をすくった恩人《おんじん》。

コング 写楽《しゃらく》の同級生《どうきゅうせい》で、いじめっ子《こ》。いつも写楽《しゃらく》をからかっている。

田中代議士《たなかだいぎし》 政治家《せいじか》。沖縄《おきなわ》の西表島《いりおもてじま》のリゾート開発《かいはつ》をおしすすめようとしている。

プロローグ

すみきった青空《あおぞら》のむこうから、カモメの鳴《な》き声《ごえ》が聞《き》こえてくる。広《ひろ》い海《うみ》は、無数《むすう》のダイヤモンドをちりばめたようにかがやいていた。

少年《しょうねん》は、風《かぜ》にさそわれるようにして砂浜《すなはま》を走《はし》りだした。

「お母《かあ》さん！」

わきあがってくるよろこびを母親《ははおや》に伝《つた》えたくなって、少年《しょうねん》はふりむいた。けれどもまた、すぐにかけだした。

少年《しょうねん》は、砂浜《すなはま》におりたカモメをつかまえようとして、地面《じめん》にぽっかりとあいたふしぎな穴《あな》を

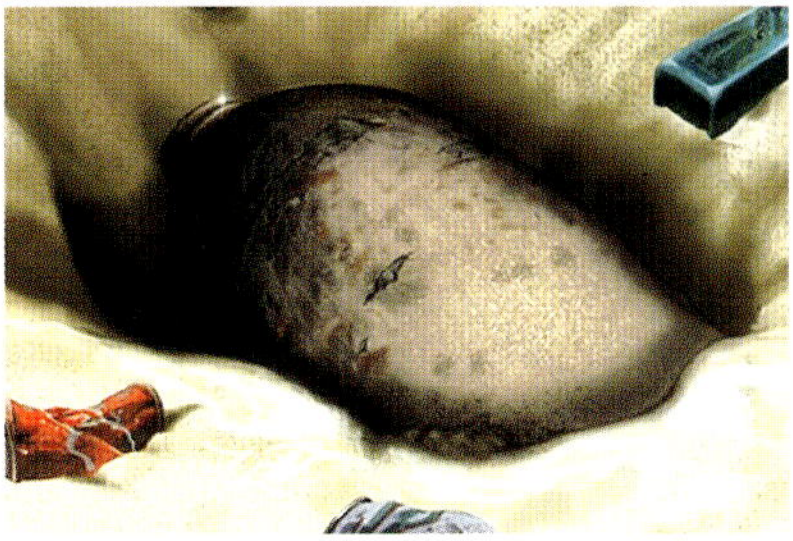

見《み》つけた。

「……ん？」

穴《あな》の底《そこ》に、見《み》たこともない金属《きんぞく》のかたまりがあったのだ。なんのうたがいもなく、少年《しょうねん》は、その物体《ぶったい》に顔《かお》をよせた。

そのとき、母親《ははおや》は、足《あし》もとに落《お》ちている古《ふる》い立《た》てふだを見《み》つけた。

そこに書《か》かれた〈危険《きけん》　不発弾処理《ふはつだんしょり》……〉という文字《もじ》を目《め》にしたとたん、全身《ぜんしん》を悪《わる》い予感《よかん》がつらぬいた。

母親《ははおや》は、とっさに少年《しょうねん》のほうへかけだしたが、すでにおそかった。

次《つぎ》の瞬間《しゅんかん》、海岸一帯《かいがんいったい》が、爆発《ばくはつ》による光《ひかり》と、耳《みみ》をつんざくような音《おと》につつまれた。

その海岸《かいがん》は、かつて軍事演習場《ぐんじえんしゅうじょう》だった。当時《とうじ》の不発弾《ふはつだん》が砂浜《すなはま》にうまっていたために、親子《おやこ》は爆発事故《ばくはつじこ》にまきこまれてしまったのだ。

親子《おやこ》は全身《ぜんしん》にひどいやけどをおって、病院《びょういん》に運《はこ》びこまれた。多《おお》くの医師《いし》や看護師《かんごし》がふたりをすくおうとしたが――。

手術室《しゅじゅつしつ》で、少年《しょうねん》の体《からだ》を見《み》た医師《いし》のひとりは、

「奇跡《きせき》でもおきないかぎり、たすからない。」

とつぶやいた。

だれの目《め》にも、もはや手《て》のほどこしようがないように見《み》えた。そのとき、手術室《しゅじゅつしつ》に本間丈太《ほんまじょうた》郎医師《ろういし》があらわれたのだ。

「あきらめるな。この子《こ》は生《い》きのびようとしている。なんとかするんだ。オペ（手術《しゅじゅつ》）だ！」

本間医師《ほんまいし》は、正確《せいかく》なメスさばきで、ちぎれた手足《てあし》の神経《しんけい》や血管《けっかん》を一本《ぽん》一本《ぽん》ぬいあわせ、骨《ほね》や筋肉《きんにく》をつなぎ、皮《ひ》ふを移植《いしょく》するという大手術《だいしゅじゅつ》をくりかえした。それはきわめて高《たか》い技術《ぎじゅつ》と、強《きょう》じんな体力《たいりょく》を必要《ひつよう》とする作業《さぎょう》だった。

そしてついに、本間医師《ほんまいし》は、少年《しょうねん》を奇跡的《きせきてき》に死《し》のふちからよみがえらせたのだ。いつのまにか、少年《しょうねん》の髪《かみ》の毛《け》は半分《はんぶん》、まっ白《しろ》になってしまっていた。

ほうたいがとれた少年《しょうねん》は、母親《ははおや》のいる病室《びょうしつ》へつれていかれた。ひさしぶりにあった母親《ははおや》は、命《いのち》こそとりとめていたものの、声《こえ》は出《だ》せず、ベッドからおきあがれない状態《じょうたい》だった。

少年《しょうねん》は、母親《ははおや》のことを思《おも》って泣《な》いた。

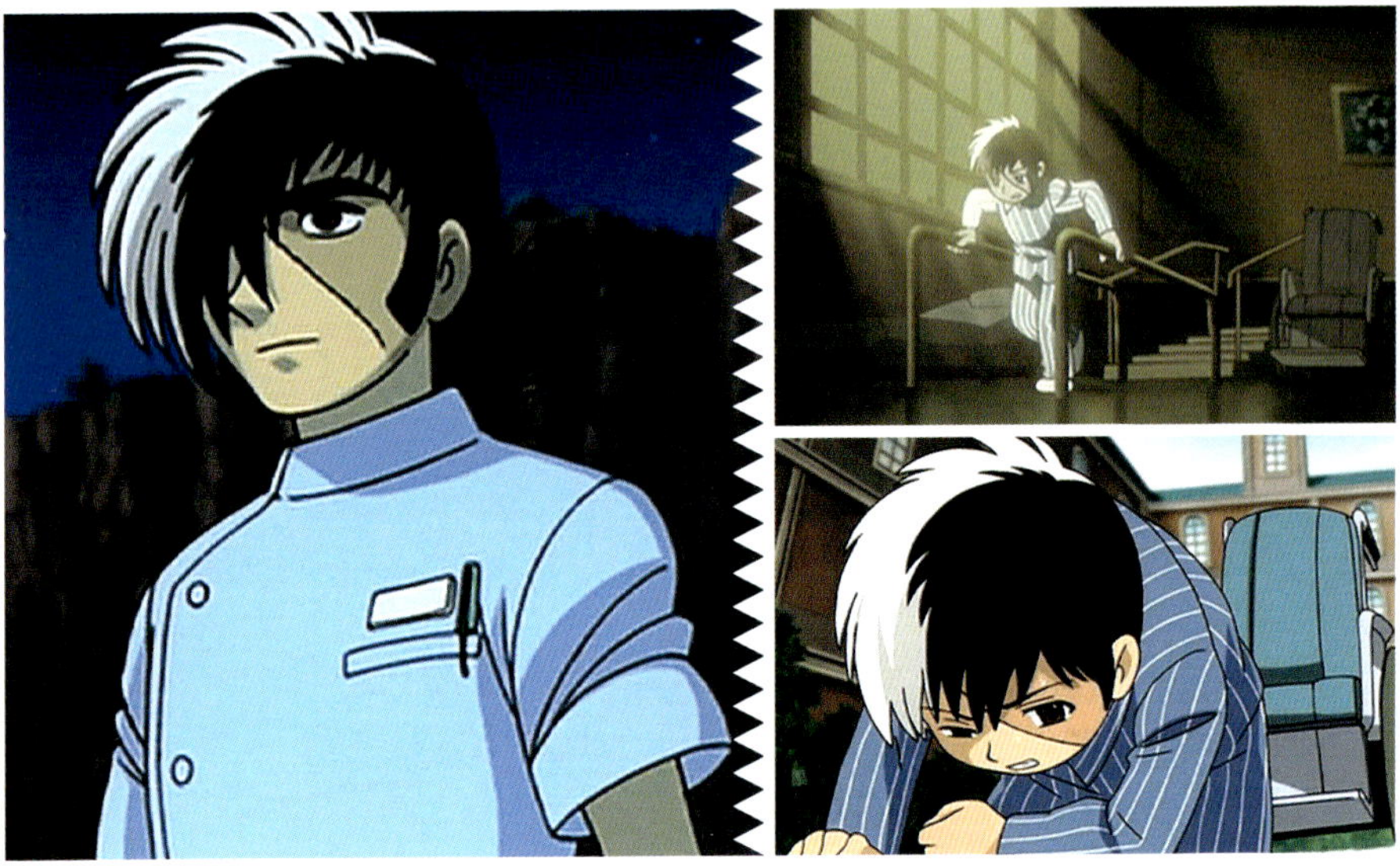

それから、少年《しょうねん》の長《なが》いたたかいがはじまった。手足《てあし》は自分《じぶん》の思《おも》いどおりに動《うご》かせず、歩《ある》くことや、食《た》べ物《もの》を手《て》に取《と》ることさえ、思《おも》うようにできなかった。

それでも少年《しょうねん》は、気《き》の遠《とお》くなるような努力《どりょく》をつみかさねた。つらい訓練《くんれん》のすえ、ついに体《からだ》を自由《じゆう》に動《うご》かせるようになったのだ。

彼《かれ》は、おとなになった今《いま》でも、あの爆発事故《ばくはつじこ》をわすれることができなかった。大声《おおごえ》でさけびたくなるような怒《いか》りや憎《にく》しみが、心《こころ》の中《なか》にうずまいていた。また同時《どうじ》に、だれよりも命《いのち》の尊《とうと》さを知《し》り、大切《たいせつ》なものだと感《かん》じていた。

そして、彼《かれ》は、いつしか天才外科医《てんさいげかい》、ブラック・ジャックとよばれるようになっていた。

第《だい》1話《わ》

オペの順番《じゅんばん》

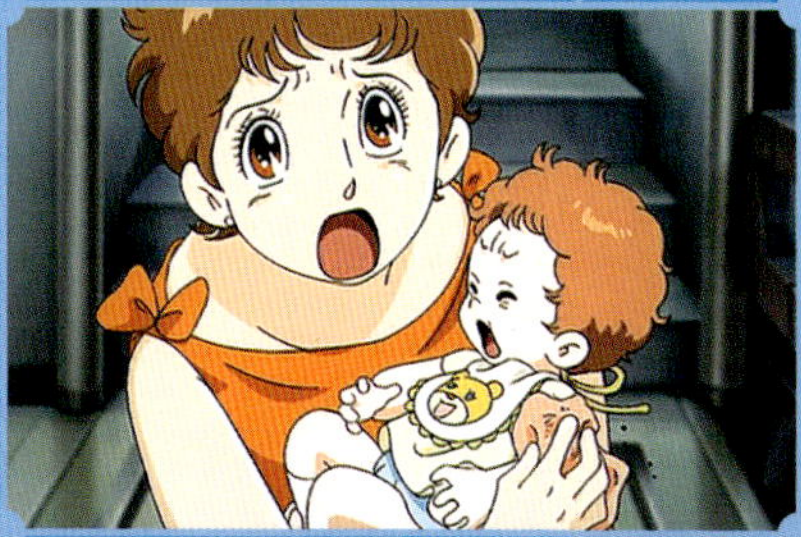

二人《ふたり》と一ぴきの重傷者《じゅうしょうしゃ》

ザーッ、ザザーッ……。

ザーッ、ザザーッ……。

西表島《いりおもてじま》の浜辺《はまべ》に、波《なみ》がゆっくりと打《う》ちよせていた。しずかにくりかえされる波《なみ》の音《おと》は、まるで島全体《しまぜんたい》が呼吸《こきゅう》でもしているかのようだ。

西表島《いりおもてじま》は、沖縄本島《おきなわほんとう》から南西《なんせい》へ数《すう》百キロメートルのところに位置《いち》している。島《しま》の面積《めんせき》の大部《だいぶ》分《ぶん》がうっそうとしたジャングルにおおわれ、めずらしい生《い》き物《もの》たちがたくさんすんでいた。

ある朝《あさ》、日《ひ》の光《ひかり》のとどかない森《もり》のおくに、にげられないようにひもでむすびつけられたカエ

ルがいた。そのえものをねらって、一ぴきの動《どう》物《ぶつ》がしのびよった。

「ミャー！」

つめを立《た》てて、すばやくとびかかったその動《どう》物《ぶつ》は、思《おも》いもかけず、しかけ網《あみ》にとらえられて、宙《ちゅう》づりにされた。

まもなく、しげみのかげから男《おとこ》があらわれた。

「二週間《しゅうかん》も、野宿《のじゅく》したかいがあったぜ。」

男《おとこ》は、法《ほう》をおかして動物《どうぶつ》をとらえる密猟者《みつりょうしゃ》だ。すぐに麻酔薬《ますいやく》を注射《ちゅうしゃ》して、動物《どうぶつ》をねむらせた。

その動物《どうぶつ》は、イリオモテヤマネコという天然《てんねん》記念物《きねんぶつ》にも指定《してい》されている貴重《きちょう》な動物《どうぶつ》だった。世界《せかい》じゅうでも、この西表島《いりおもてじま》にしかおらず、将《しょう》来《らい》、絶滅《ぜつめつ》するおそれがあると心配《しんぱい》されていた。

　そのころ、ブラック・ジャックは、ピノコといっしょに西表島《いりおもてじま》へむかっていた。近《ちか》くにある自分《じぶん》の島《しま》から、ボートでもどるとちゅうだった。

「あちゅいのよさ。ちぇんちぇい、あちゅくないの？」

　ピノコは、独特《どくとく》なしゃべり方《かた》をする。ピノコ自身《じしん》は、「暑《あつ》いのよ。先生《せんせい》、暑《あつ》くないの？」といったつもりだ。

　この世《よ》にピノコが存在《そんざい》することは、奇跡以外《きせきいがい》のなにものでもなかった。そもそも、ピノコは、姉《あね》とともにふたごで生《う》まれるはずだった。しかし、生《う》まれてきたのは姉《あね》だけだった。ピノコは、その姉《あね》の体《からだ》の中《なか》で、十八年《ねん》ものあいだ、人《ひと》の形《かたち》になれないまま、成長《せいちょう》をつづけてきたのだ。

ブラック・ジャックは、手術《しゅじゅつ》によって姉《あね》の体《たい》内《ない》からピノコの体《からだ》を取《と》りだし、ひとりの少女《しょうじょ》として誕生《たんじょう》させた。だから、おさない体《からだ》をもつピノコは、おとなともいえたし、子《こ》どもともいえた。けれども、ピノコ自身《じしん》は、自分《じぶん》のことをおとなの女性《じょせい》だと思《おも》っていて、ブラック・ジャックのかわいい奥《おく》さんのつもりでいるのだった——。

西表島《いりおもてじま》に着《つ》くと、ふたりは、ボートをおりて歩《ある》きだした。それから、高速船《こうそくせん》に乗《の》るために列《れつ》にならんだ。

「九時《じ》十五分出航《ふんしゅっこう》、うみねこ丸《まる》は、まもなくご乗船《じょうせん》がはじまります。お客《きゃく》さま、二列《れつ》におならびになって、おまちください。」

女性《じょせい》の声《こえ》で、アナウンスが流《なが》れてきた。

列《れつ》にならんでいたふたり組《ぐみ》の女性《じょせい》が、ピノコといっしょにいたブラック・ジャックを見《み》て、クスクスと笑《わら》いながら話《はな》しだした。

「見《み》て、前《まえ》の人《ひと》。まっ黒《くろ》なコート着《き》て……。」

「ホント！　暑《あつ》くないのかしらねえ。」

「親子《おやこ》？」

ピノコは、うしろをふりかえって、ふたりの女性《じょせい》にいってやった。

「親子《おやこ》じゃないのよさ！　ピノコは、ちぇんちぇいのオクタンなのよさ！」

ピノコが「オクタン（奥《おく》さん）」というときは、いつもうれしそうな顔《かお》になる。

そのとき、うしろのほうから、列《れつ》を無視《むし》して、ズカズカと前《まえ》に進《すす》んでくる人《ひと》たちがいた。田中《たなか》

代議士《だいぎし》とその秘書《ひしょ》だ。秘書《ひしょ》は、代議士《だいぎし》をどんどん前《まえ》へ進《すす》ませながらいった。

「ちょっと、どいてください！　さあ、前《まえ》へどうぞ。先生《せんせい》はＶＩＰ《ビップ》ですから。」

「そうかそうか。ウハハハ……。」

代議士《だいぎし》のあとから、記者《きしゃ》たちもやってきた。

「代議士《だいぎし》、今回《こんかい》の視察《しさつ》は、リゾート開発《かいはつ》が目的《もくてき》ですよね。」

記者《きしゃ》のひとりがたずねた。

「うむ。この島《しま》は、いいリゾート地《ち》となるぞ。」

そういって、代議士《だいぎし》が船《ふね》に乗《の》りこむと、列《れつ》にならんでいた人《ひと》たちは、みんな不満《ふまん》そうな顔《かお》をした。ピノコは、くやしそうに文句《もんく》をいった。

「ずる入《はい》り！」

高速船《こうそくせん》うみねこ丸《まる》が動《うご》きだした。
うしろの甲板《かんぱん》に立《た》ったブラック・ジャックと
ピノコは、遠《とお》のく西表島《いりおもてじま》をながめていた。
「ちぇんちぇいは、この島《しま》が本当《ほんとう》にちゅきなの
よね！」
ピノコのいった「ちゅき」とは、「好《す》き」のこ
とだ。ブラック・ジャックはいった。
「西表島《いりおもてじま》は、山《やま》と熱帯樹林《ねったいじゅりん》の自然郷《しぜんきょう》で、天然記《てんねんき》
念物《ねんぶつ》にみちた美《うつく》しい島《しま》だ。島《しま》の大部分《だいぶぶん》が国立公《こくりつこう》
園《えん》に指定《してい》されている。」
「こくりちゅこうえん？」
「国《くに》によって、その自然《しぜん》が保護《ほご》されているとい
うことだ。今《いま》のところはな……。」
ブラック・ジャックは意味《いみ》ありげにいった。

船《ふね》の客室《きゃくしつ》では、代議士《だいぎし》が記者《きしゃ》たちにかこまれていた。

「先生《せんせい》、開発《かいはつ》は本当《ほんとう》におこなわれるのですか？」

「ウハハハ、まかせておけ。」

「だけど、自然保護《しぜんほご》はどうなるんですか？」

べつの記者《きしゃ》がいうと、代議士《だいぎし》はつめよった。

「何《なに》をいうか、きみは！　郷土《きょうど》に金《かね》がうんと落《お》ちるんだぞ！」

大声《おおごえ》を出《だ》す代議士《だいぎし》を見《み》ながら、近《ちか》くの席《せき》の女《じょ》性《せい》がめいわくそうにいった。

「どっかのおえらいさん？　いやあねえ、いばっちゃって。」

そばにいた赤《あか》ちゃんも、代議士《だいぎし》の大声《おおごえ》でぐずりだし、母親《ははおや》があわててあやしはじめた。

　客室《きゃくしつ》の一番《いちばん》うしろの席《せき》では、イリオモテヤマネコをつかまえた、あの密猟者《みつりょうしゃ》がねむっていた。足《あし》もとには、大《おお》きな木箱《きばこ》がおかれている。

　とつぜん、木箱《きばこ》がガタガタとゆれだして、そばにいた女性《じょせい》たちが、おどろいて声《こえ》をあげた。

「何《なに》、これ～!?」

「荷物《にもつ》が動《うご》いたわ。」

　密猟者《みつりょうしゃ》は、あわてておきだした。

「やべー！　麻酔《ますい》が切《き》れやがった。」

　木箱《きばこ》の中《なか》のイリオモテヤマネコが、ねむりからさめて、あばれだしたのだ。

　密猟者《みつりょうしゃ》は、かくすようにして、木箱《きばこ》をもちあげた。

　そのとき、船《ふね》が大《おお》きくゆれて、密猟者《みつりょうしゃ》の手《て》か

ら木箱《きばこ》がすべり落《お》ちた。にぶい音《おと》とともに、木《き》箱《ばこ》がこわれ、中《なか》からイリオモテヤマネコがとびだしてきた。

「ウギャーオ……。」

近《ちか》くの乗客《じょうきゃく》は、何《なに》ごとかとおどろいた。

「何《なに》？　ネコ？」

「だれが乗《の》せたんだ？」

乗客《じょうきゃく》たちがさわぐなか、イリオモテヤマネコは、またたくまに客室《きゃくしつ》をかけぬけ、操舵室《そうだしつ》にいる船長《せんちょう》にとびかかった。

「うわーっ！」

船長《せんちょう》がたおれたいきおいで、高速船《こうそくせん》のかじがぐるぐると回転《かいてん》し、船《ふね》は、大《おお》きく右《みぎ》へまがってしまった。

船体《せんたい》が急《きゅう》にかたむいた。乗客《じょうきゃく》たちの多《おお》くが座《ざ》席《せき》から投《な》げだされ、船内《せんない》は、たくさんの悲鳴《ひめい》であふれかえった。

母親《ははおや》は赤《あか》ちゃんをだいたまま、床《ゆか》にたたきつけられ、代議士《だいぎし》はごろごろと床《ゆか》をころがり、木《き》箱《ばこ》の破片《はへん》につっこんだ。

高速船《こうそくせん》は猛《もう》スピードで進《すす》みつづけ、海面《かいめん》にうかぶブイにぶつかったかと思《おも》うと、さらに大《おお》きな衝撃《しょうげき》が船《ふね》をおそった。

その瞬間《しゅんかん》、破壊《はかい》されたブイの破片《はへん》が、操舵室《そうだしつ》のガラスをやぶって、イリオモテヤマネコの体《からだ》につきささった。

いつのまにか、船《ふね》は止《と》まっていた。

操舵室《そうだしつ》の中《なか》で、われにかえった副船長《ふくせんちょう》が、あ

わてていった。

「船長《せんちょう》、ネコは？」

「知《し》らん。それよりも、無線《むせん》で連絡《れんらく》を。」

「は、はい！」

副船長《ふくせんちょう》は、ひっしに無線機《むせんき》を操作《そうさ》した。

「こちら、うみねこ丸《まる》、うみねこ丸《まる》。応答《おうとう》してください。」

けれども、無線機《むせんき》は故障《こしょう》しているようで、どこからも応答《おうとう》がない。

「船長《せんちょう》、無線《むせん》が使用《しよう》できません。」

「こっちもだ。岩場《いわば》でスクリューをやられた。」

船長《せんちょう》は、船《ふね》のエンジンをスタートさせようとしていたのだが、動《うご》く気配《けはい》はまったくなかった。

ふたりは、とほうにくれた。

客室《きゃくしつ》では、代議士《だいぎし》がうめき声《ごえ》をあげていた。

「先生《せんせい》、だいじょうぶですか？　しっかりしてください。」

秘書《ひしょ》が声《こえ》をかけると、代議士《だいぎし》は、けがをした腹《はら》をおさえながら、

「いたい、いたい！　死《し》ぬ～！」

と、苦《くる》しそうにさけんだ。

赤《あか》ちゃんも、大声《おおごえ》で泣《な》きさけんでいた。左腕《ひだりうで》にひどいけがをしてしまったようだ。

母親《ははおや》は赤《あか》ちゃんをだいたまま、

「たかし！　たかし！」

と、けんめいに子《こ》どもの名前《なまえ》をよびつづけた。

船長《せんちょう》は、さわぎを聞《き》きつけて、代議士《だいぎし》のもとにかけよった。

「だいじょうぶですか？」

そばにいた秘書《ひしょ》がどなり声《ごえ》をあげた。

「何《なに》をしてるんだ。早《はや》く病院《びょういん》につれていけ！」

「そ、それが現在《げんざい》、航行不能《こうこうふのう》でして……。」

船長《せんちょう》がいうと、秘書《ひしょ》がさらにつめよった。

「なんだと！　じゃあ、たすけはいつくる？」

「それが、無線《むせん》も使用《しよう》できません。」

「ふざけるな！　先生《せんせい》がけがをしてるんだぞ。」

すると、船長《せんちょう》は、すばやく客室《きゃくしつ》を見《み》まわした。

「お客《きゃく》さまの中《なか》に、お医者《いしゃ》さまはおられませんか？　看護師《かんごし》の方《かた》でもいいんです。」

客室《きゃくしつ》のおくで、ピノコが元気《げんき》にこたえた。

「はーい！　ここにいまーちゅ！」

ピノコは立《た》ちあがって、何度《なんど》もジャンプした。

「ピノコ、よけいなことをいうな！」

ブラック・ジャックは小声《こごえ》でいったが、ピノコはゆずらなかった。

「こまってる人《ひと》がいゆのに、たすけない気《き》？」

「めんどうなそうどうに、まきこまれたくないんだよ。」

ブラック・ジャックはそういうと、目《め》をとじた。

代議士《だいぎし》の秘書《ひしょ》がすぐにやってきた。

「お医者《いしゃ》さまなんですか？」

すると、ブラック・ジャックがこたえる前《まえ》に、そばにいた老人《ろうじん》が話《はな》しだした。

「ああ、この人《ひと》は、近《ちか》くに島《しま》をもっとって、二、三か月《げつ》に一度《いちど》きなさる外科医《げかい》さまだ。」

「よかった。早《はや》く手当《てあ》てしてください。」

秘書《ひしょ》は、ほっとした表情《ひょうじょう》を見《み》せたが、ブラック・ジャックは、うつむいたままだ。

「おれは、正規《せいき》の医者《いしゃ》じゃない。」

「というと……、ひょっとして、モグリ？」

秘書《ひしょ》がとまどっていると、そばにきていた船《せん》長《ちょう》が秘書《ひしょ》をうながすようにいった。

「このさい、モグリだろうが、なんだろうが……。」

「そ、そうだな……。」

秘書《ひしょ》がうなずいて、話《はなし》は決《き》まった。

「おねがいします、先生《せんせい》。」

「たすけてください。」

船長《せんちょう》と秘書《ひしょ》にたのまれ、決心《けっしん》をかためたブラック・ジャックは、すっと立《た》ちあがった。

「けが人《にん》はどこだ？」

手術開始《しゅじゅつかいし》

ブラック・ジャックが客室《きゃくしつ》の後方《こうほう》へ歩《ある》いていくと、船長《せんちょう》がいった。

「けが人《にん》はふたりです。一歳《さい》になる赤《あか》ちゃんと、代議士《だいぎし》の田中先生《たなかせんせい》です。」

すると、いっしょにきたピノコが代議士《だいぎし》を見《み》て、思《おも》わずさけんだ。

「あーっ！　ずる入《はい》りの人《ひと》！」

ブラック・ジャックは、まず、赤《あか》ちゃんのけがのようすを見《み》ることにした。

「先生《せんせい》、この子《こ》をどうか、おすくいください。」

そう母親《ははおや》がいうと、代議士《だいぎし》がさけんだ。

「きみ、わしを先《さき》にたのむ！　こんなところで死《し》にたくない！　治療費《ちりょうひ》なら、いくらでも！」

ブラック・ジャックは、赤《あか》ちゃんからはなれ、代議士《だいぎし》のそばに腰《こし》をおろした。

そのとき、副船長《ふくせんちょう》が、ぐったりとしたイリオモテヤマネコをだいてやってきた。

「船長《せんちょう》、ネコがいました。見《み》てください。このとおり、虫《むし》の息《いき》ですが……。」

それを見《み》て、ブラック・ジャックがさけんだ。

「これは、イリオモテヤマネコじゃないか！　だれがこの船《ふね》にもちこんだんだ⁉」

密猟者《みつりょうしゃ》がそっと客室《きゃくしつ》から出《で》ようとすると、女《おんな》の人《ひと》が気《き》づいて、大声《おおごえ》をあげた。

「この人《ひと》です。この人《ひと》の荷物《にもつ》から、ネコが！」

「おまえさん、密猟者《みつりょうしゃ》だな！」

ブラック・ジャックがそういって、怒《いか》りをあらわにすると、代議士《だいぎし》がまたさけんだ。

「おいっ、何《なに》をしている⁉　ネコなど、どうでもいい！　早《はや》くわしをなおさんか⁉」

「先生《せんせい》、この子《こ》をおねがいします。」

赤《あか》ちゃんの母親《ははおや》も、ひっしの表情《ひょうじょう》だ。

ブラック・ジャックはいった。

「わたしの治療費《ちりょうひ》は高《たか》いですぜ。いいんですかい？」

「金《かね》なら、いくらでもはらうといっとる！」

代議士《だいぎし》が怒《おこ》ったようにいった。

「そうですか。じゃあ、代議士《だいぎし》の先生《せんせい》、応急処置《おうきゅうしょち》で一千万《まん》いただきましょう。そっちの赤《あか》んぼう

も一千万《まん》だ。はらえないなら、おことわりだ。」

乗客《じょうきゃく》は、みんなあぜんとした。母親《ははおや》は、ことばにつまったが、決意《けつい》していった。

「いいです。主人《しゅじん》と相談《そうだん》して、かならずお支払《しはら》いします。だから、たすけて！」

代議士《だいぎし》も、はきすてるようにいった。

「はらう！　はらうから！」

すると、ブラック・ジャックはいった。

「じゃあ、やりましょう。ただし、条件《じょうけん》がある。わたしのやり方《かた》に、ぜったい文句《もんく》をつけないこと。いいですね。」

秘書《ひしょ》は、くやしそうな表情《ひょうじょう》で、

「わかった！　すぐはじめてくれ！」

というと、一千万円《まんえん》の小切手《こぎって》を手《て》わたした。

「患者《かんじゃ》を前《まえ》の席《せき》へ！　ほかの者《もの》は、後部座席《こうぶざせき》へ移動《いどう》してもらおう！」

ブラック・ジャックはそういうと、黒《くろ》いコートをさっとぬぎ、革製《かわせい》のケースをあけた。ケースの中《なか》には、医療器具《いりょうきぐ》がひとそろい入《はい》っている。

彼《かれ》は、手術《しゅじゅつ》の準備《じゅんび》をはじめながら、母親《ははおや》にたずねた。

「その子《こ》の血液型《けつえきがた》は？」

「はい、O型《オーがた》です。」

「RH《アールエイチ》は？」

「プラスです。」

ブラック・ジャックは、手《て》ぶくろをはめおえると、大声《おおごえ》でいった。

「船長《せんちょう》、O型《オーがた》の輸血者《ゆけつしゃ》をつのってくれ！」

そして、赤《あか》ちゃんのほうをむいた。

「奥《おく》さん、子《こ》どもをおさえていてください。局《きょく》所麻酔《しょますい》だ。これで痛《いた》みはおさまる。」

局所麻酔《きょくしょますい》とは、体《からだ》の一部《いちぶ》の感覚《かんかく》を麻痺《まひ》させて、痛《いた》みなどを感《かん》じさせないようにすることだ。

ブラック・ジャックが麻酔《ますい》の注射《ちゅうしゃ》を打《う》っていると、そばで代議士《だいぎし》が、どなり声《ごえ》をあげた。

「おいっ！　さっさとこっちをやらんか！」

「うるさい！　わたしの手《て》は二本《ほん》なんだぜ。どう使《つか》うか、文句《もんく》をつけてほしくないね。」

ブラック・ジャックがいっても、代議士《だいぎし》はひきさがらない。

「わしは、小切手《こぎって》で一千万《まん》はらったんだぞ。はらったのはわしだけじゃ！」

そのとき、船長《せんちょう》がブラック・ジャックのところへ、密猟者《みつりょうしゃ》をつれてやってきた。

「先生《せんせい》、O型《オーがた》はこいつだけです。」

「責任上《せきにんじょう》、協力《きょうりょく》してもらうぜ。ピノコ、輸血《ゆけつ》の用意《ようい》だ。」

「アラマンチュウ〜！」

ピノコは、ふしぎなことばを口《くち》にして、OK《オーケー》のしぐさをしてみせた。

「おい！　だったら、二千万《まん》でどうだ。二千万《まん》なら、先《さき》にやってくれるのか？」

代議士《だいぎし》がそういうと、ブラック・ジャックは、おどろいたようにむきなおった。

「ほう、二千万円《まんえん》！」

代議士《だいぎし》が、秘書《ひしょ》に小切手《こぎって》を切《き》らせようとした

とき、ブラック・ジャックは、代議士《だいぎし》を無視《むし》して、出血《しゅっけつ》のひどいイリオモテヤマネコの治療《ちりょう》をはじめた。母親《ははおや》も船長《せんちょう》もあぜんとした。

もちろん、代議士《だいぎし》は怒《おこ》っている。

「ネコを先《さき》に手当《てあ》てする気《き》か⁉ きさま、人間《にんげん》より、けだものの命《いのち》が大事《だいじ》か⁉ 今《いま》すぐわしを手当《てあ》てしろ！ さもないと、うったえてやる！」

「そのくらいどなる元気《げんき》があれば、あんたのきずはたいしたことないな。」

ブラック・ジャックはそういって、イリオモテヤマネコの手術《しゅじゅつ》を開始《かいし》した。メスでネコの腹《はら》を切《き》りひらくと、確信《かくしん》したようにつぶやいた。

「大血管《だいけっかん》はやぶれていない。これなら、なんとかなる！」

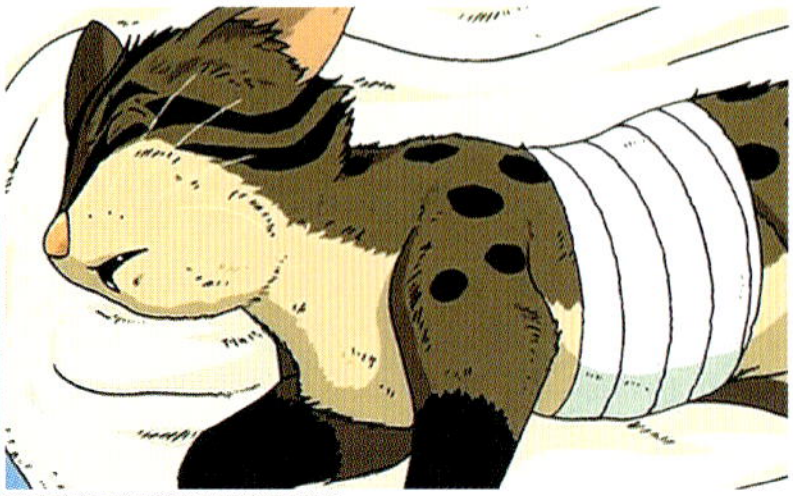

ブラック・ジャックは、すばやく処置《しょち》をすませると、イリオモテヤマネコの腹《はら》をぬいあわせ、ていねいにほうたいをまいた。

「よし、これでだいじょうぶだ。元気出《げんきだ》せよ。」

そういって笑《え》みをこぼすと、すぐに赤《あか》ちゃんのほうへむかった。代議士《だいぎし》は、ハッとして、にくにくしげな顔《かお》でいった。

「最初《さいしょ》がネコ、お次《つぎ》は赤《あか》ん坊《ぼう》か！　代議士《だいぎし》のわしが一番《いちばん》あとまわし！　手《て》おくれになったら、きさまをうったえてやる！」

けれども、ブラック・ジャックは、代議士《だいぎし》の怒《いか》りなど、まったく気《き》にもとめないで、赤《あか》ちゃんの処置《しょち》をはじめた。

「先生《せんせい》、どうか、たかしをたすけて……。」

母親《ははおや》は、いのるような気《き》もちだった。

「わかってる。」

母親《ははおや》の思《おも》いを、ブラック・ジャックはしっかりとうけとめていた。

赤《あか》ちゃんはねむっている。彼《かれ》は、すぐに手術《しゅじゅつ》をはじめることにした。

「ピノコ、メス。」

ブラック・ジャックは、ピノコからメスをうけとると、赤《あか》ちゃんの腕《うで》の切開《せっかい》をはじめた。

「橈骨神経《とうこつしんけい》が切《き》れてる……。こいつはやっかいだ。」

橈骨神経《とうこつしんけい》とは、腕《うで》の中《なか》にある大《おお》きな神経《しんけい》のひとつで、ひじを動《うご》かしたり、手首《てくび》や指《ゆび》をのばしたりするための神経《しんけい》だ。

「どうすゆの？」

助手《じょしゅ》のピノコが心配《しんぱい》そうに声《こえ》をかけた。

「神経《しんけい》をつなぐしかあるまい。大《おお》きなゆれがこないことをいのるしかない。」

船《ふね》は波《なみ》で小《ちい》さくゆれていた。ここからの手術《しゅじゅつ》は、ミリ単位《たんい》の正確《せいかく》さが要求《ようきゅう》され、とくに細心《さいしん》の注意《ちゅうい》が必要《ひつよう》だった。大《おお》きなゆれがくれば、手術《しゅじゅつ》がだいなしになりかねない。

ブラック・ジャックは、小《ちい》さな針《はり》に髪《かみ》の毛《け》よりも細《ほそ》い糸《いと》を通《とお》し、ひと針《はり》、ひと針《はり》ぬいあわせ、ちぎれた神経《しんけい》をつないでいった。

（たのむ。ゆれてくれるなよ……。）

ブラック・ジャックは、ひっしの思《おも》いで手術《しゅじゅつ》をつづけた。

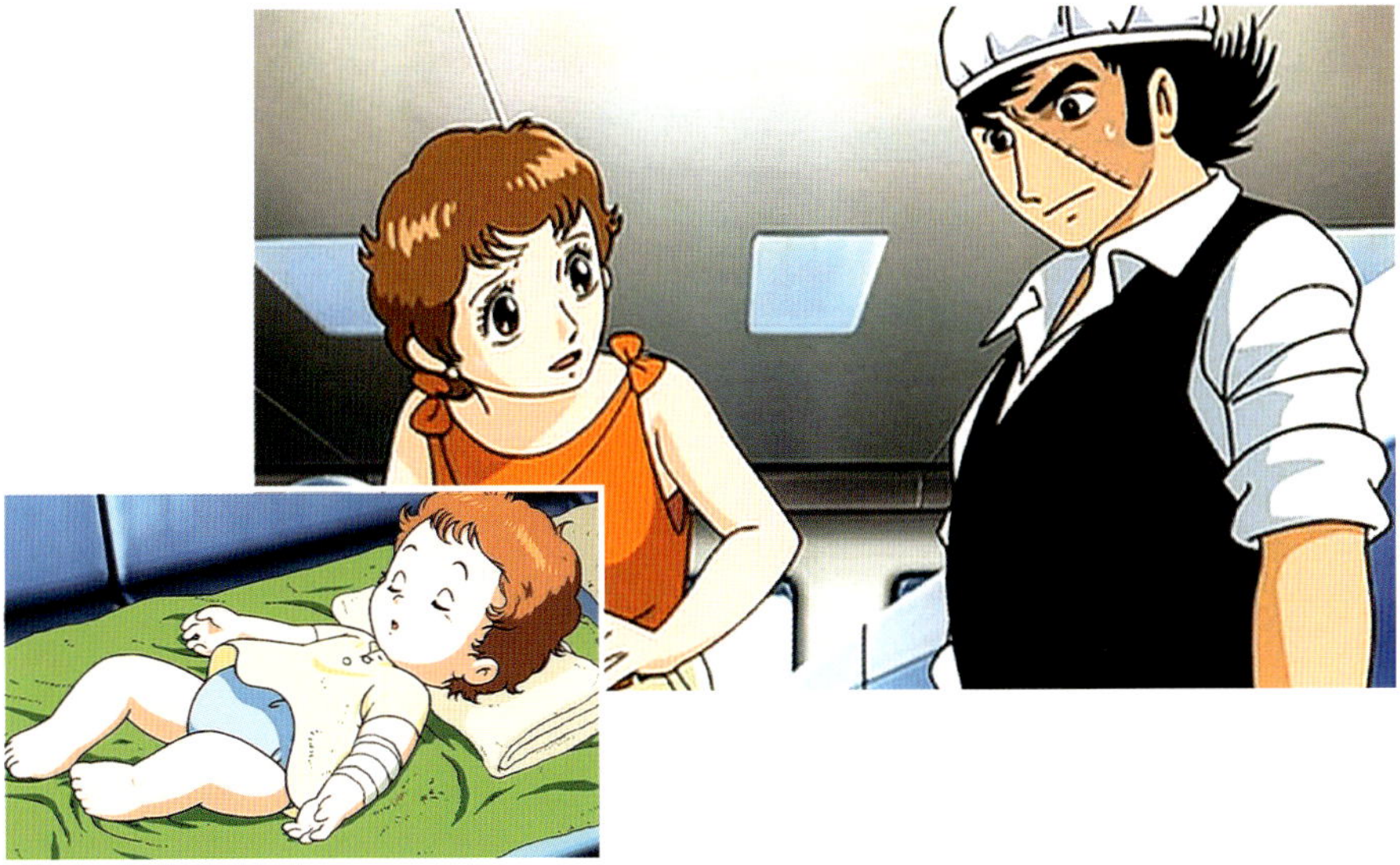

そのあいだ、さいわいにも、大《おお》きなゆれがくることはなかった。手術《しゅじゅつ》がおわると、ブラック・ジャックは、大《おお》きく息《いき》をはいた。

「これで、腕《うで》の麻痺《まひ》はのこらないだろう。」

「先生《せんせい》！」

母親《ははおや》は、うれしそうにブラック・ジャックを見《み》た。麻痺《まひ》がのこれば、この赤《あか》ちゃんは一生《いっしょう》、腕《うで》が動《うご》かせなくなる可能性《かのうせい》もあったのだ。

「ただし、これは港《みなと》へ着《つ》くまでの応急処置《おうきゅうしょち》だ。すぐに入院《にゅういん》をして、再手術《さいしゅじゅつ》を！」

「ありがとうございます。」

母親《ははおや》は礼《れい》をいうと、しずかにねむっている赤《あか》ちゃんを、いとおしそうに見《み》つめた。

「たかし……。」

ブラック・ジャックは、代議士《だいぎし》に近《ちか》づいた。

「さあ、代議士《だいぎし》のだんな。今度《こんど》は、おまえさんの番《ばん》ですぜ。」

手当《てあ》てをはじめると、代議士《だいぎし》は、にくにくしげにいった。

「なぜ、ネコを先《さき》にした。」

「あいつは天然記念物《てんねんきねんぶつ》、しかも絶滅危惧種《ぜつめつきぐしゅ》ですからね。」

「わしは、一千万《まん》わたしたんだ！　それにひきかえ、ネコは……。」

「ネコに一千万《まん》はらえると思《おも》いますかい？」

代議士《だいぎし》をさえぎるように、ブラック・ジャックはいった。

「おまえさんのは軽《かる》い軽《かる》い。腹《はら》の腹直筋《ふくちょくきん》まで切《き》

れただけだ。腹《はら》のあぶらが多《おお》いから、たすかったんだよ。不幸中《ふこうちゅう》のさいわいってやつだ。」

代議士《だいぎし》は、ムッとして大声《おおごえ》をあげた。

「さ、さいわいだと？」

「あんまりさわぐと、みっともないですぜ。」

ブラック・ジャックがニヤリと笑《わら》ったとき、船長《せんちょう》の声《こえ》がスピーカーから聞《き》こえてきた。

「お客《きゃく》さまに申《もう》しあげます。先《さき》ほど、無線《むせん》が回《かい》復《ふく》し、連絡《れんらく》がとれました。救助隊《きゅうじょたい》は、まもなく到着《とうちゃく》するもようです。くりかえします……。」

乗客《じょうきゃく》たちは、いっせいによろこびの声《こえ》をあげた。これで全員《ぜんいん》がたすかったのだ。

船長《せんちょう》のいうとおり、まもなく救助隊《きゅうじょたい》の船《ふね》が、うみねこ丸《まる》のもとへ近《ちか》づいてきた。

大逆転《だいぎゃくてん》！

ブラック・ジャックは、法廷《ほうてい》の証言台《しょうげんだい》に立《た》っていた。あの事故《じこ》のあと、田中代議士《たなかだいぎし》にうったえられ、裁判《さいばん》にのぞんでいたのだ。

「検事《けんじ》、質問《しつもん》をどうぞ。」

裁判官《さいばんかん》がいうと、検事《けんじ》が立《た》ちあがった。

「あなたは、一人《ひとり》の市民《しみん》と、一人《ひとり》の幼児《ようじ》と、一ぴきのネコの三人《にん》……、いや、二人《ふたり》と一ぴきの重傷者《じゅうしょうしゃ》のうち、なぜ、ネコ、幼児《ようじ》、市民《しみん》の順《じゅん》で、応急手当《おうきゅうてあ》てをしたのですか？」

傍聴人席《ぼうちょうにんせき》には、代議士《だいぎし》がニヤニヤしながら、すわっていた。ブラック・ジャックは、落《お》ちつ

きはらった声《こえ》でいった。

「三つのけがをしらべたら、田中《たなか》さんが一番軽《いちばんかる》く、イリオモテヤマネコがもっとも重体《じゅうたい》でした。症状《しょうじょう》の重《おも》い順《じゅん》に手当《てあ》てした。それだけです。」

「すると、人間《にんげん》と動物《どうぶつ》を同格《どうかく》に見《み》ているのかね？　医者《いしゃ》として、そういう主義《しゅぎ》なのですか？」

「そうです。」

ブラック・ジャックがまよわずこたえると、検事《けんじ》は裁判官《さいばんかん》にむかっていった。

「免許《めんきょ》もなく手術《しゅじゅつ》をしたばかりか、生命《せいめい》の危険《きけん》にさらされた患者《かんじゃ》を放置《ほうち》して、動物《どうぶつ》の処置《しょち》を優先《ゆうせん》した。その行為《こうい》は異常《いじょう》であり、非人道的《ひじんどうてき》といわねばなりません。被告《ひこく》にきびしい処罰《しょばつ》をのぞみます。」

裁判《さいばん》がおわると、傍聴人席《ぼうちょうにんせき》から、赤《あか》ちゃんの母親《ははおや》が、ブラック・ジャックに声《こえ》をかけた。

「先生《せんせい》、あのときは、本当《ほんとう》にありがとうございました。奇跡的《きせきてき》な処置《しょち》だったと病院《びょういん》で聞《き》きました。あの子《こ》も順調《じゅんちょう》に回復《かいふく》しています。ありがとうございました。」

ブラック・ジャックは、かすかに笑《え》みをうかべると、出口《でぐち》のほうへ歩《ある》きだした。

ところが、出口《でぐち》の前《まえ》には、代議士《だいぎし》が、ブラック・ジャックをさえぎるようにして立《た》っていた。

「ふふふ……、ニセ医者《いしゃ》くん。あんたは、これでおわりだ。」

すると、ブラック・ジャックは、思《おも》いだしたように、胸《むね》のポケットから折《お》りたたんだ紙《かみ》を取《と》

りだした。

「どうぞ。」

「これはなんだ？」

「わたしのつくった、あんたの診断書《しんだんしょ》だ。」

ブラック・ジャックがいった。

「ふん！　ネコをみるニセ医者《いしゃ》の診断書《しんだんしょ》なぞ、いるか！」

代議士《だいぎし》がつきかえそうとすると、ブラック・ジャックはいった。

「ご自由《じゆう》に……。それを見《み》て、手術《しゅじゅつ》をうけて生《い》きるか、見《み》ずに死《し》ぬか、えらぶのはおまえさん自身《じしん》だ。」

「な、なに!?」

代議士《だいぎし》はおどろきの声《こえ》をあげた。

ブラック・ジャックは、話《はなし》をつづけた。

「わたしは、おまえさんから、一千万円《まんえん》もらったからね。いちおうカルテにしておいた。腹膜《ふくまく》をしらべたとき、腫瘍《しゅよう》ができていたよ。豆《まめ》つぶをまいたように、ばらっとね。」

「な、なんだと⁉」

代議士《だいぎし》はカルテを取《と》って、読《よ》みだした。

ブラック・ジャックは、出口《でぐち》のドアのすぐ前《まえ》まで歩《ある》いてから、また、立《た》ちどまった。そして、代議士《だいぎし》がガンにかかっていること、しかも、かなり進行《しんこう》したガンであることをしずかに告《つ》げた。

代議士《だいぎし》は、カルテを投《な》げすてて、ブラック・ジャックにつかみかかった。

「ガンだって？　おい、でたらめなおどしはや

める!」

「うそだと思《おも》うなら、病院《びょういん》でよくしらべてもらうがいい。」

ブラック・ジャックの表情《ひょうじょう》は自信《じしん》にみちていた。代議士《だいぎし》は、ショックで力《ちから》をうしない、へなへなとしゃがみこんだ。

「せ、先生《せんせい》……。」

秘書《ひしょ》も、あまりのことにおどろいていた。

「こいつはやっかいな症状《しょうじょう》でね。ほとんどたすからない。だが、わたしだったら、なんとかできる。信《しん》じられないのなら、それでもいいがね。」

ブラック・ジャックは、また歩《ある》きだした。そして、最後《さいご》にこういいのこして、さっていった。

「もし信《しん》じられたら、いつでもどうぞ。」

ブラック・ジャックが家《いえ》にもどると、ピノコがうれしそうにいった。

「うわー、ちぇんちぇい、おかえんなちゃい！ゆるちゃれたの？」

「とんでもない。保釈《ほしゃく》だよ。」

ブラック・ジャックは、裁判所《さいばんしょ》にお金《かね》をはらって、一時《いちじ》、釈放《しゃくほう》されただけなのだ。

「なんら、つまんない。無罪《むざい》のおいわいをちようと思《おも》ってたのに〜。」

ピノコは、テーブルにカレーライスを用意《ようい》すると、ブラック・ジャックにたずねた。

「ねえ、どうちて、ネコ、手術《しゅじゅつ》したの？」

「イリオモテヤマネコは、ほろびかかっている動物《どうぶつ》でな。百ぴきくらいしかいないんだよ。」

郵便はがき

111-0056

恐れ入りますが、切手を貼ってお出しください。

東京都台東区小島1-4-3

金の星社　愛読者係

〒□□□-□□□□

ご住所

ふりがな お名前	性別　男・女 年齢　歳

TEL　(　　)	ご職業
e-mail	

●弊社出版目録・お子様へのバースデーカードをさしあげます

★バースデーカード希望（する・しない）　★出版目録希望（する・しない）

★新刊案内希望（する・しない）

おなまえ	西暦	年	月	日生	男・女	歳
おなまえ	西暦	年	月	日生	男・女	歳

★弊社の本のご購入希望がありましたら、下記をご利用下さい。

書名	定価　円	冊
書名	定価　円	冊
書名	定価　円	冊

一週間以内にお届けいたします。お買いあげ金額が1,500円(税込)未満の場合は、送料380円(税
1,500円(税込)以上の場合は、送料200円(税込)です。本の代金と一緒に、配達時にお支払いくだ

高

よりよい本づくりをめざして

お手数ですが、あなたのご意見ご感想をおきかせください。

お買い上げいただいた本のタイトル

（　　　　　　　　　　　　　　　　　　　　　　　　　　　　）

この本をお求めになった書店

市区
町村　　　　　　　書店　　　　年　　月　　日購入

この本をお読みいただいたご感想は？

●内容　1. おもしろい　2. つまらない　3. やさしい　4. むずかしい
　　　　5. 読みやすい　6. 読みにくい　7. 感動した　8. ふつう

●表紙のデザイン　1. よい　2. ふつう　3. わるい

●価格　1. 安い　2. ふつう　3. 高い

●ご意見、ご感想をおきかせください。

この本を何でお知りになりましたか？

1. 書店で　2. 広告で　（新聞　　　　　雑誌　　　　　）
3. 図書館で　4. 書評で（新聞　　　　　雑誌　　　　　）
5. DM・チラシをみて　6. 先生・両親・知人にすすめられて
7. 当社目録をみて　8. その他（　　　　　　　　　　）

この本をお求めになったのは？

1. タイトルがよい　2. テーマに興味がある　3. 作家・画家のファン
4. 表紙デザインがよい　5. 帯にひかれて　6. 広告をみて　7. 書評をみて
8. 人にすすめられて　9. その他（　　　　　　　　　　）

今後読んでみたい作家・画家・テーマは？

よくお読みになる新聞・雑誌は？

新聞（　　　　　　　　）　雑誌（　　　　　　　　）

ご協力ありがとうございました。ご記入いただきましたお客様の個人情報は、下記の目的で使用させていただく場合がございます。

●ご注文書籍の配送、お支払い等確認のご連絡　●弊社新刊・サービスのDM
●チラシ・広告・ポップ等へのご意見・ご感想の掲載　●弊社出版物企画の参考

［個人情報に関するお問い合わせ先］

■金の星社　お客様窓口　電話 03-3861-1861　E-mail usagi1@kinnohoshi.co.jp

前向きに生きるって素晴らしい！

ホバート

ニタ・ブリッグズ／作　金原瑞人／訳
合　恵／画

バートは希望を胸に秘めた前向きなこぶた。
はすてきなタップダンサーになること。とこ
が、ベーコンにされる運命だと知って、命が
の大脱出！

定価1,155円
（本体1,100円）
小学校中学年から

新たな一歩を踏み出すことのすばらしさ

カナリーズ・ソング

ジェニファー・アームストロング／作
金原瑞人・石田文子／訳　朝倉めぐみ／画

定価1,260円
（本体1,200円）
小学校高学年から

見渡す限りの大草原。そこは、スージーの大好きな場所。しかし、母親は大自然を恐れふさぎこんでいた。そんな母をどうしたら元気づけられるのか…。

得いくまで探し出した答えだけが、信じられる確かなもの

air

名木田恵子／作

った5日間の自由。「私を泣かせてください」
切ない響き……。決して忘れられない、私の
こ流れる何かが確かに変わった、14歳のあ
夏の日。

定価1,365円
（本体1,300円）
小学校高学年から

白い翼で、自由に飛んでみたい

空色の地図

梨屋アリエ／作　門坂 流／装画・挿絵

定価1,365円
（本体1,300円）
小学校高学年から

突然届いた8歳の自分からの手紙。なぜ今？
中3の初音は、6年前友だちだった美凪と再会するが…。新しい友情を築いていく中学生のさわやかな感動の物語。

「百ぴき？　少《すく》なーい！」

「そうだ。代議士《だいぎし》なんて、あまるほどいるのによ。しかも、西表島《いりおもてじま》も開発《かいはつ》されて、自然《しぜん》は破壊《はかい》されてしまう。」

ふたりがカレーライスを食《た》べようとすると、とつぜん電話《でんわ》が鳴《な》った。ブラック・ジャックには、それがだれからの電話《でんわ》か、察《さっ》しがついていた。

「やあ、田中先生《たなかせんせい》。わたしに手術《しゅじゅつ》を？　条件《じょうけん》がありますぜ。……いや、金《かね》じゃない。ひとつは告訴《こくそ》をやめること。もうひとつは、西表島《いりおもてじま》の開《かい》発《はつ》プランを白紙《はくし》にもどすこと。このふたつを保《ほ》証《しょう》するなら、手術《しゅじゅつ》をやりましょう。」

「ふ、ふざけるな！」

電話《でんわ》のむこうで、代議士《だいぎし》がどなった。

「いやなら、手術《しゅじゅつ》はおことわりだ。……そうそう、そうこなくっちゃ！」

ブラック・ジャックは、ピノコにむかって、にっこり笑《わら》うと、V《ブイ》サインをしてみせた。どうやら、代議士《だいぎし》は条件《じょうけん》をのんだようだ。

「やったー!!」

ピノコは、大《おお》よろこびでとびはねながら、となりの部屋《へや》にむかった。そして、おりの中《なか》にいるイリオモテヤマネコを、興奮《こうふん》したようすでのぞきこんだ。

「ちぇんちぇいが、ゆるちゃれたの。いっしょにおいわいらよ！」

ピノコはそういうと、イリオモテヤマネコに、山《やま》もりのカレーライスをもってきた。

それから何日《なんにち》かして、イリオモテヤマネコのけがなおると、ブラック・ジャックとピノコは、西表島《いりおもてじま》にもどすことにした。

「ピノコ、こいつは、ここで生《い》きていくのが一《いち》番《ばん》しあわせなんだ。わかってやれ。」

ピノコがかごのふたをあけると、イリオモテヤマネコが出《で》てきて、あたりを見《み》まわした。

別《わか》れをおしんでいるピノコが、

「あたちといっしょに、いてもいいのよ。」

といったが、イリオモテヤマネコは、すぐにパッととびだして、走《はし》りさってしまった。

ピノコは、イリオモテヤマネコが消《き》えていった森《もり》にむかって、力《ちから》いっぱいさけんだ。

「もっともっと、いっぱいふえゆのよ〜！」

帰《かえ》りの船《ふね》の中《なか》で、ブラック・ジャックは、ピノコにいった。

「そう気《き》を落《お》とすな。ほら、これやるから。」

ブラック・ジャックがキャンディーをさしだすと、ピノコはムッとして、顔《かお》をそむけた。

「子《こ》ろもじゃないのよ。そんなの、いやない！」

「そうか、いらないのか……。」

ブラック・ジャックは、ピノコがやせがまんしているのを知《し》っていて、わざとキャンディーを目《め》の前《まえ》でちらつかせた。

「……やっぱり、ほしいんだろ！」

そういって、ニッコリ笑《わら》うと、ピノコは、

「もう！　ちぇんちぇいのいじわる〜！」

といいながら、うれしそうにだきついた。

第《だい》2話《わ》

消《き》えた針《はり》

神《かみ》の手《て》をもつ男《おとこ》

オペ室《しつ》（手術室《しゅじゅつしつ》）をてらす無影灯《むえいとう》の光《ひかり》の中《なか》で、その男《おとこ》は、すばやく確実《かくじつ》にメスを走《はし》らせた。患《かん》者《じゃ》の皮《ひ》ふに赤《あか》い血《ち》で線《せん》がひかれる。しかし、出《しゅっ》血《けつ》はきわめて少《すく》なかった。

高《たか》い技術《ぎじゅつ》をもった外科医《げかい》ほど、手術《しゅじゅつ》をしたときの出血《しゅっけつ》は少《すく》ない。筋肉《きんにく》と筋肉《きんにく》のあいだのわずかなすきまを感《かん》じとり、メスをすばやく走《はし》らせるため、出血《しゅっけつ》をへらすことができるのだという。

男《おとこ》は、手術《しゅじゅつ》スタッフのおどろきをよそに、たんたんと手《て》ぎわよく、手術《しゅじゅつ》を進《すす》めていった。

「吸引《きゅういん》。バイタル。よし、術後処置《じゅつごしょち》に入《はい》る。」

男《おとこ》の冷静《れいせい》な声《こえ》と、それにこたえる助手《じょしゅ》の声《こえ》だけがオペ室《しつ》にひびいていた。しかし、男《おとこ》の頭上《ずじょう》には、作業《さぎょう》を見《み》つめるきびしい瞳《ひとみ》があった。

手術中《しゅじゅつちゅう》のランプが消《き》え、男《おとこ》がオペ室《しつ》を出《で》ると、そこには男《おとこ》をまつ人影《ひとかげ》があった。

「たすかったよ。ブラック・ジャックくん。あいかわらず見事《みごと》なメスさばきだ。感服《かんぷく》した。」

大学時代《だいがくじだい》の恩師《おんし》にあたる山田野《やまだの》教授《きょうじゅ》に声《こえ》をかけられると、ブラック・ジャックは、なんでもないという態度《たいど》を見《み》せながらこたえた。

「いえ……、それほどでも。」

しかし、教授《きょうじゅ》は、それ以上《いじょう》、ブラック・ジャックの技術《ぎじゅつ》をほめることはなかった。ぎゃくに、きびしい調子《ちょうし》で、ことばをつづけた。

「だが、きみに一言《ひとこと》いっておこう。人間《にんげん》の体《からだ》をけっしてあなどってはいかん。どんなときでもだ。人間《にんげん》の体《からだ》は、いつも理屈《りくつ》どおりにはなおせんということだ。思《おも》いがけぬしっぺがえしを食《く》らうことになる。よくおぼえておきたまえ。」

教授《きょうじゅ》は、かつて医学部《いがくぶ》の教室《きょうしつ》で指導《しどう》していたころのように、教《おし》え子《ご》に話《はな》しかけた。

しかし、ブラック・ジャックは、忠告《ちゅうこく》を無視《むし》するかのように、教授《きょうじゅ》に背《せ》をむけると、かすかな笑《え》みをうかべながらつぶやいた。

「わかってますよ。先生《せんせい》……。」

しずかに立《た》ちさるブラック・ジャックの背中《せなか》には、手術《しゅじゅつ》へのぜったいの自信《じしん》と、かすかなおごりがただよっているようだ。

ちぇいぎの味方《みかた》　ピノコマン

ある町《まち》の通《とお》りで、ひとりの少年《しょうねん》がきょろきょろとあたりのようすをうかがっていた。だれもいないことを確認《かくにん》すると、少年《しょうねん》は目《め》をつぶって、思《おも》いきり走《はし》りだした。

バーン‼

少年《しょうねん》は何《なに》かにぶつかって、地面《じめん》にころがってしまったのだ。

「おい、写楽《しゃらく》!」

おそるおそる顔《かお》をあげると、いじめっ子《こ》のコングと彼《かれ》のなかまたちが立《た》っていた。

「コング……。」

「どうしたよ、写楽《しゃらく》。さいきん、とんとごぶさたじゃねーか。」

「まるで、おれたちをさけてるみたいだぜ。」

コングたちのことばを聞《き》くと、写楽《しゃらく》はあせったように、かばんの中《なか》をかきまわし、人形《にんぎょう》を取《と》りだした。

「そんなことは……。あっ、これあげるから、だから……。」

「ヒッヒッヒッ。」

「おい！　やっちまえ！」

「うわあ～、やめて～。」

コングたちは、写楽《しゃらく》をつかまえると、あっというまに制服《せいふく》をはぎ取《と》ってしまった。

そのとき――。

パコーン！

とつぜん、まっ白《しろ》い何《なに》かが、コングの顔面《がんめん》を直撃《ちょくげき》したのだ。なんと、それはダイコンだった。

「だれだ！」

「ちぇいぎの味方《みかた》！　ピノコマン！」

ピノコは、さっそうとあらわれると、買《か》い物《もの》かごのニンジンを、まるで刀《かたな》のようにふりかざして、さけんだ。

「そこのいじめっ子《こ》、こえ以上《いじょう》、ちょの子《こ》をいじめたや、あたちがゆるさないのよさ！」

しかし、ずっと年下《としした》にしか見《み》えないピノコのことばに、さすがのコングたちもあきれはてた。

「なんだあ？　おれたちとやろうってのか？」

「ガキのくせに！」

「ガキじゃないのよさ！　あたちは十八ちゃいよ。」

ピノコは、まるでダンスをおどるようにくるりとまわると、せいいっぱい、おとなっぽいポーズを決《き》めた。

ただし、ピノコはポーズが決《き》まったと思《おも》っていても、コングたちからすれば、まだ、たどたどしいことばを話《はな》すおさない女《おんな》の子《こ》にしか見《み》えない。コングは、あきれたようにボーッとピノコを見《み》ているだけだった。

そして、われにかえっていった。

「けっ……シラけちまったな。おい、行《い》くぞ。今日《きょう》は見逃《みのが》してやるぜ。」

コングの背中《せなか》にむかって、ピノコは「ベー！」と舌《した》をつきだした。

ある日《ひ》の夕方《ゆうがた》、喫茶店《きっさてん》トムでは、写楽《しゃらく》の姉《あね》の和登《わと》と、この店《みせ》でアルバイトをする本間久美子《ほんまくみこ》の楽《たの》しそうな話《はな》し声《ごえ》がひびいていた。

「よかったわね。写楽《しゃらく》くんに友《とも》だちがねえ。」

写楽《しゃらく》とピノコが友《とも》だちになったことを久美子《くみこ》がよろこんでいると、和登《わと》がこたえた。

「うん、相手《あいて》は女《おんな》の子《こ》らしいんだけど、あの子《こ》、すごくよろこんで、ここんとこ、その話《はなし》ばっかり。でも、おかしいんだ。男《おとこ》の子《こ》なんだから、強《つよ》くなくっちゃって、あの子《こ》、毎日《まいにち》しごかれてんだって、その子《こ》に。」

「あははは。写楽《しゃらく》くんは、きっと和登《わと》さんみたいな力強《ちからづよ》い女性《じょせい》が好《す》きなのよ。」

「えー⁉ かよわいあたしが力強《ちからづよ》いですって？」

「男《おとこ》の子《こ》をはりたおしちゃう女《おんな》の子《こ》の、どこがかよわいのよ？」

「へへ、ばれてたか。」

ふたりの元気《げんき》な話《はな》し声《ごえ》が店全体《みせぜんたい》を明《あか》るくしている。

「友《とも》だちか……。」

店《みせ》のカウンターのはしにすわり、ひとりでコーヒーを飲《の》んでいたブラック・ジャックがぽつりとつぶやいた。写楽《しゃらく》のことをうれしそうに話《はな》すピノコのことを思《おも》いだしたのだ。

《あたちのお友《とも》らち第《だい》一号《ごう》なの！　おれこにバンチョーコーつけてゆ。チョーはずかしがり屋《や》の男《おとこ》の子《こ》で、それがチョーかわいいの！》

「そんなこと、いってたな……。」

公園《こうえん》で、ピノコと写楽《しゃらく》の特訓《とっくん》がはじまった。

「さあ、今日《きょう》は組《く》み手《て》でれんちゅうよ！」

「組《く》み手《て》？」

「あたちが写楽《しゃらく》くんの相手《あいて》すゆの！」

「えっ？　ピノコちゃんが？」

「いいの。とにかくやゆの！」

そんなピノコに、写楽《しゃらく》は、はずかしそうに話《はな》しだした。

「ピノコちゃん、ありがとう……。ぼくなんか、かまってくれて、うれしかったから……。」

写楽《しゃらく》のことばを聞《き》くと、ピノコは顔《かお》をまっ赤《か》にしたが、それをごまかすようにさけんだ。

「ちゃっちゃっとはじめゆわよ！」

そのときだった――。

「ううう……。」

とつぜん、写楽《しゃらく》の胸《むね》に激痛《げきつう》が走《はし》ったのだ。そして、胸《むね》をおさえたまま、その場《ば》にくずれ落《お》ちてしまった。ピノコは思《おも》わず、ほおを両手《りょうて》ではさんでさけんだ。

「アッチョンブリケ！」

われにかえると、ピノコは、あわてて写楽《しゃらく》にかけよった。

「ちょっと、ピノコはまだ何《なに》もやってないのよさ？　写楽《しゃらく》くん、ちっかりちて！　写楽《しゃらく》くん……。写楽《しゃらく》くん……。」

ファン、ファン、ファン、ファン!!

しずかな町《まち》に、救急車《きゅうきゅうしゃ》のサイレンの音《おと》が鳴《な》りひびいた。

　写楽《しゃらく》が病院《びょういん》に運《はこ》ばれると、ただちに検査《けんさ》がおこなわれた。つづいて、症状《しょうじょう》を落《お》ちつかせるための点滴《てんてき》がほどこされる。

　しかし、写楽《しゃらく》の呼吸《こきゅう》は苦《くる》しげだった。

「ハア……、ハア……。」

　そのとき、心配《しんぱい》そうに写楽《しゃらく》をまつピノコの耳《みみ》に、思《おも》いがけないことばが聞《き》こえた。

「けっこう進行《しんこう》しているな……。」

「この発作《ほっさ》がはじめてじゃないだろう……。」

「もう少《すこ》し早《はや》く見《み》つけていればな……。」

「ああ、しかたあるまい……。」

　それは、写楽《しゃらく》を診察《しんさつ》したふたりの医師《いし》が、レントゲン写真《しゃしん》を見《み》ながら話《はな》したものだった。

「しょ、しょんな……。」

ピノコは、がけの上《うえ》に建《た》てられた家《いえ》まで、急《いそ》いでもどると、ブラック・ジャックの部屋《へや》にとびこんだ。

「ちぇんちぇー！」

ただならぬピノコのようすにおどろいて、ブラック・ジャックがふりむく。

「どうした、ピノコ？」

「ちぇんちぇー！　写楽《しゃらく》くんを、あたちのお友《とも》らちをたすけて！　ちぇんちぇー！」

ブラック・ジャックの行動《こうどう》はすばやかった。

すぐにピノコをつれて、病院《びょういん》にむかうと、写《しゃ》楽《らく》の治療方法《ちりょうほうほう》について話《はな》しあう医師《いし》と和登《わと》たちに、手術《しゅじゅつ》をしてもいいと伝《つた》えた。

しかし、彼《かれ》の要求《ようきゅう》は——。

「三千万《まん》？」

和登《わと》はおどろいて聞《き》きかえした。写楽《しゃらく》の手術《しゅじゅつ》料《りょう》が三千万円《まんえん》だというのだ。

「わたしは反対《はんたい》です。どうして、こんな悪名高《あくめいたか》い男《おとこ》に執刀《しっとう》を……。」

そう話《はな》す担当医師《たんとういし》のことばに、ブラック・ジャックは冷《つめ》たくいいかえした。

「この病院《びょういん》では処置《しょち》できないと聞《き》いてきたんだが……。」

「たしかに手術《しゅじゅつ》はむずかしい……。」

院長《いんちょう》は、ブラック・ジャックにいいかえすこともできず、うなだれたままつぶやいた。

「三千万《まん》……。」

和登《わと》はぼうぜんと、その金額《きんがく》をくりかえした。

医師《いし》のひとりが非難《ひなん》の視線《しせん》をあびせながら、和登《わと》に耳打《みみう》ちした。

「ブラック・ジャックは、腕《うで》は一流《いちりゅう》ですが、法《ほう》外《がい》な手術料《しゅじゅつりょう》を請求《せいきゅう》する悪徳医師《あくとくいし》なんです。」

そんな声《こえ》を平然《へいぜん》と聞《き》きながすと、ブラック・ジャックは冷静《れいせい》にいってのけた。

「三千万《まん》で命《いのち》がたすかれば、安《やす》いものだと思《おも》うがねえ。」

「でも、両親《りょうしん》は仕事《しごと》で海外《かいがい》へ行《い》っていて……。」

和登《わと》は、むりだといいたげだった。たとえ弟《おとうと》をたすけるためであっても、高校生《こうこうせい》の和登《わと》に三千万円《まんえん》もの大金《たいきん》の支払《しはら》いは決《き》められない。しかし、ブラック・ジャックは、そんな和登《わと》の気《き》もちなどおかまいなしに、冷《つめ》たくいいはなった。

「事《こと》は一刻《いっこく》を争《あらそ》う。あんたが決《き》めろ。家族《かぞく》なんだろう？　三千万《まん》だ。ビタ一文《もん》まけない。」

そして、ブラック・ジャックは和登《わと》の目《め》をじっと見《み》つめた。和登《わと》もブラック・ジャックを見《み》つめかえす。

ふたりのあいだに、わずかな時《とき》が流《なが》れた――。

やがて和登《わと》は、深《ふか》く決心《けっしん》したように、目《め》をとじていった。

「わかった。あなたにたのむ。でも、そのかわり、かならず弟《おとうと》を……。」

「安心《あんしん》しろ。患者《かんじゃ》は、かならずたすける。」

和登《わと》のことばに、ひっしのねがいを感《かん》じたブラック・ジャックは、しずかにそうこたえると、院長室《いんちょうしつ》をあとにした。

完《かん》ぺきな手術《しゅじゅつ》

写楽《しゃらく》はオペ室《しつ》に運《はこ》ばれ、全身麻酔《ぜんしんますい》がほどこされた。手術台《しゅじゅつだい》をてらす無影灯《むえいとう》の下《した》では、手術着《しゅじゅつぎ》を身《み》につけたブラック・ジャックがしずかに手《しゅ》術台《じゅつだい》にむかっている。

「はじめます。」

数人《すうにん》の手術《しゅじゅつ》スタッフを前《まえ》に、ブラック・ジャックの冷静《れいせい》な声《こえ》がオペ室《しつ》にひびいた。彼《かれ》の表情《ひょうじょう》には、手術《しゅじゅつ》への自信《じしん》がみなぎっていた。

「はい。」

そう返事《へんじ》をした看護師《かんごし》に、しずかに指示《しじ》をあたえる。

「メス。」

いよいよ手術《しゅじゅつ》がはじまった。

「ドレーン、挿入《そうにゅう》します。」

「脈《みゃく》は？」

「七十六、異常《いじょう》なし。」

「鉗子《かんし》。」

「はい。」

次《つぎ》つぎと指示《しじ》を出《だ》すブラック・ジャックの声《こえ》と、それに対《たい》する助手《じょしゅ》の返事《へんじ》だけが、オペ室《しつ》にひびく。やがて、作業《さぎょう》を見《み》つめていたスタッフたちから、おどろきの声《こえ》がもれはじめた。

「すごい！　あのメスさばきを見《み》ろよ。」

「早《はや》くて、しかも正確《せいかく》なアプローチだ。」

「まるで腕《うで》の立《た》つ料理人《りょうりにん》ね。」

まさに神業《かみわざ》ともいえるメスさばきだった。進《しん》行《こう》しすぎていて処置《しょち》がむずかしいとされた病巣《びょうそう》を、正確《せいかく》に、そしてすばやく処置《しょち》していく。

ブラック・ジャックは、じっと病巣《びょうそう》を見《み》つめながら、心《こころ》の中《なか》でつぶやいた。

（この程度《ていど》のオペなら問題《もんだい》ない。）

やがて、ブラック・ジャックは縫合針《ほうごうばり》をトレーにおいていった。

「胸部《きょうぶ》縫合《ほうごう》終了《しゅうりょう》。」

「血圧《けつあつ》、心拍数《しんぱくすう》ともに正常《せいじょう》です。」

ひとりの医師《いし》が写楽《しゃらく》の状態《じょうたい》を伝《つた》える。ブラック・ジャックは、当《あ》たり前《まえ》だとでもいうように、手術《しゅじゅつ》のおわりを告《つ》げた。

「術式終了《じゅつしきしゅうりょう》！　スタッフの協力《きょうりょく》に感謝《かんしゃ》する。」

そういうと、ブラック・ジャックはしずかに手術台《しゅじゅつだい》をあとにした。すると、スタッフたちのあいだから、彼《かれ》をほめたたえる拍手《はくしゅ》がおこった。

オペ室《しつ》の前《まえ》のベンチでは、和登《わと》がいのるような思《おも》いで「手術中《しゅじゅつちゅう》」の文字《もじ》が光《ひか》るランプを見《み》ていた。おかしを食《た》べているピノコに、和登《わと》が声《こえ》をかけた。

「こんなときに、よく食《た》べられるわね。」

「こんなときらかや、おなかがすくのよさ。」

そのとき、オペ室《しつ》からブラック・ジャックがすがたをあらわした。

「先生《せんせい》！　写楽《しゃらく》は？　弟《おとうと》は？」

和登《わと》があわててかけよった。

「かならずたすけるといったはずだ。手術《しゅじゅつ》は成《せい》功《こう》だ。」

「ああ、……よかった。」

和登《わと》は、ほっとしたようにつぶやき、明《あか》るい表情《ひょうじょう》になった。

「点滴《てんてき》で、じき回復《かいふく》するだろう。あとはよろしくたのむ。行《い》くぞ！　ピノコ。」

「ありがとう、先生《せんせい》。」

和登《わと》の感謝《かんしゃ》のことばを背《せ》に、ふたりはオペ室《しつ》の前《まえ》から立《た》ちさり、病院《びょういん》の玄関《げんかん》へとむかった。

ふつう、執刀医《しっとうい》は、患者《かんじゃ》の手術後《しゅじゅつご》の容体《ようだい》を確《かく》認《にん》してから休息《きゅうそく》をとる。しかし、モグリの医師《いし》のブラック・ジャックが、いつまでも病院《びょういん》にとどまることはない。

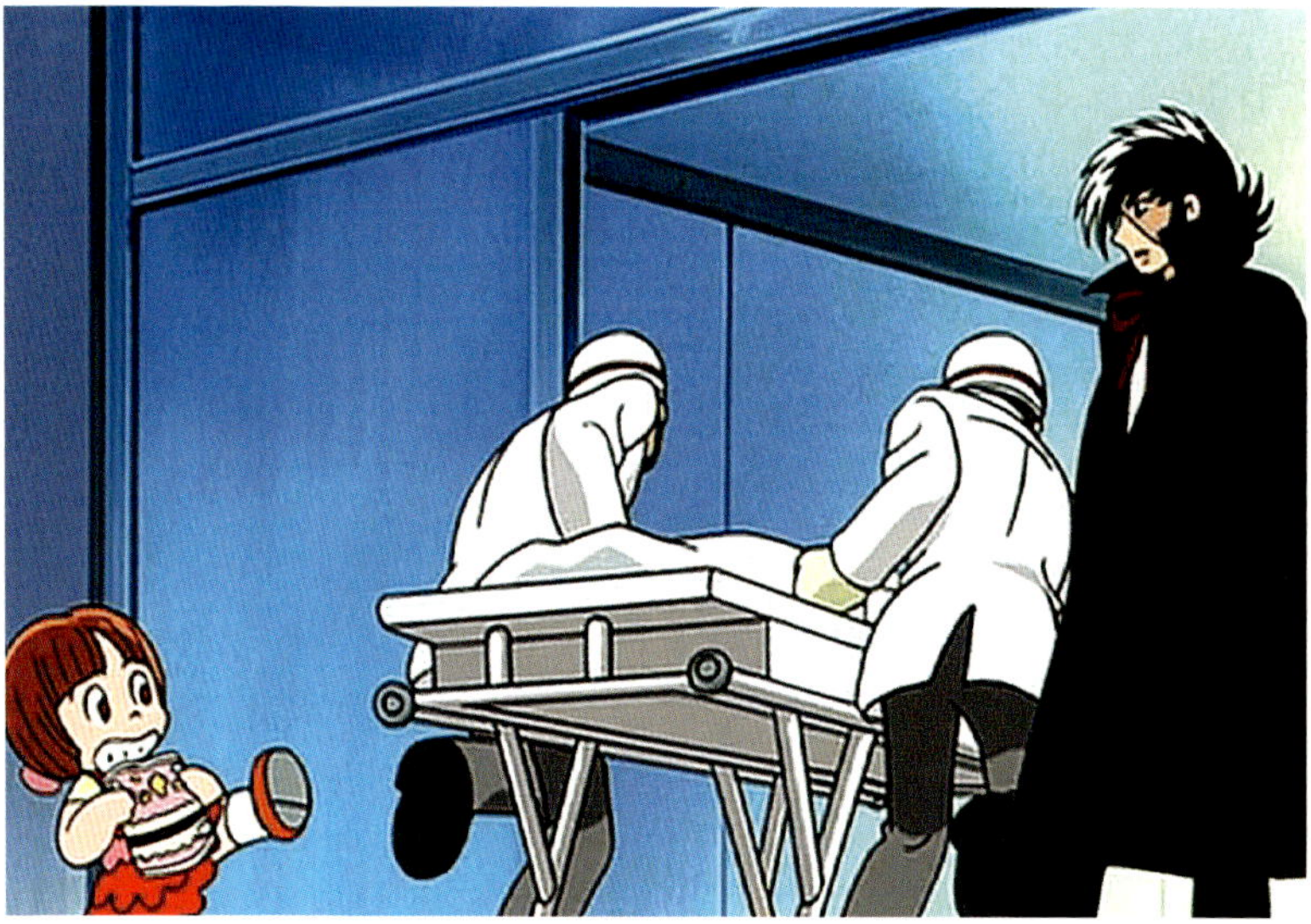

ふたりが病院《びょういん》の玄関《げんかん》を出《で》たとき、救急隊員《きゅうきゅうたいいん》がストレッチャー（車輪《しゃりん》のついたベッド）をおして走《はし》ってきた。

「道《みち》をあけてください！」

「急患《きゅうかん》です！」

あやうく、ストレッチャーにぶつかりそうになったピノコが声《こえ》をあげる。

「もう！　あぶないのよさ！」

「行《い》くぞ。」

ブラック・ジャックは、そんなピノコに取《と》りあおうともせず、歩《ほ》を進《すす》めた。

しかし、まもなく、

「ブラック・ジャック先生《せんせい》！」

と、写楽《しゃらく》の手術《しゅじゅつ》スタッフに声《こえ》をかけられた——。

ブラック・ジャックは急《いそ》いで、医師《いし》たちのまつ写楽《しゃらく》の病室《びょうしつ》に走《はし》りこんだ。

「いったいどうした？　患者《かんじゃ》の容体《ようだい》が悪化《あっか》したのか？」

「じつは、点滴《てんてき》をして、病室《びょうしつ》へと移動《いどう》させる際《さい》に……。」

医師《いし》の説明《せつめい》はおどろくべきものだった。写楽《しゃらく》のベッドを運《はこ》ぶとちゅう、急患《きゅうかん》を運《はこ》ぶストレッチャーと、出会《であ》い頭《がしら》に激突《げきとつ》する事故《じこ》をおこしてしまったというのだ。

医師《いし》のひとりがブラック・ジャックにいった。

「その衝撃《しょうげき》で、針《はり》が折《お》れたんです。」

「そんなバカな！　注射針《ちゅうしゃばり》が折《お》れるなんて！もしや針先《はりさき》は……。」

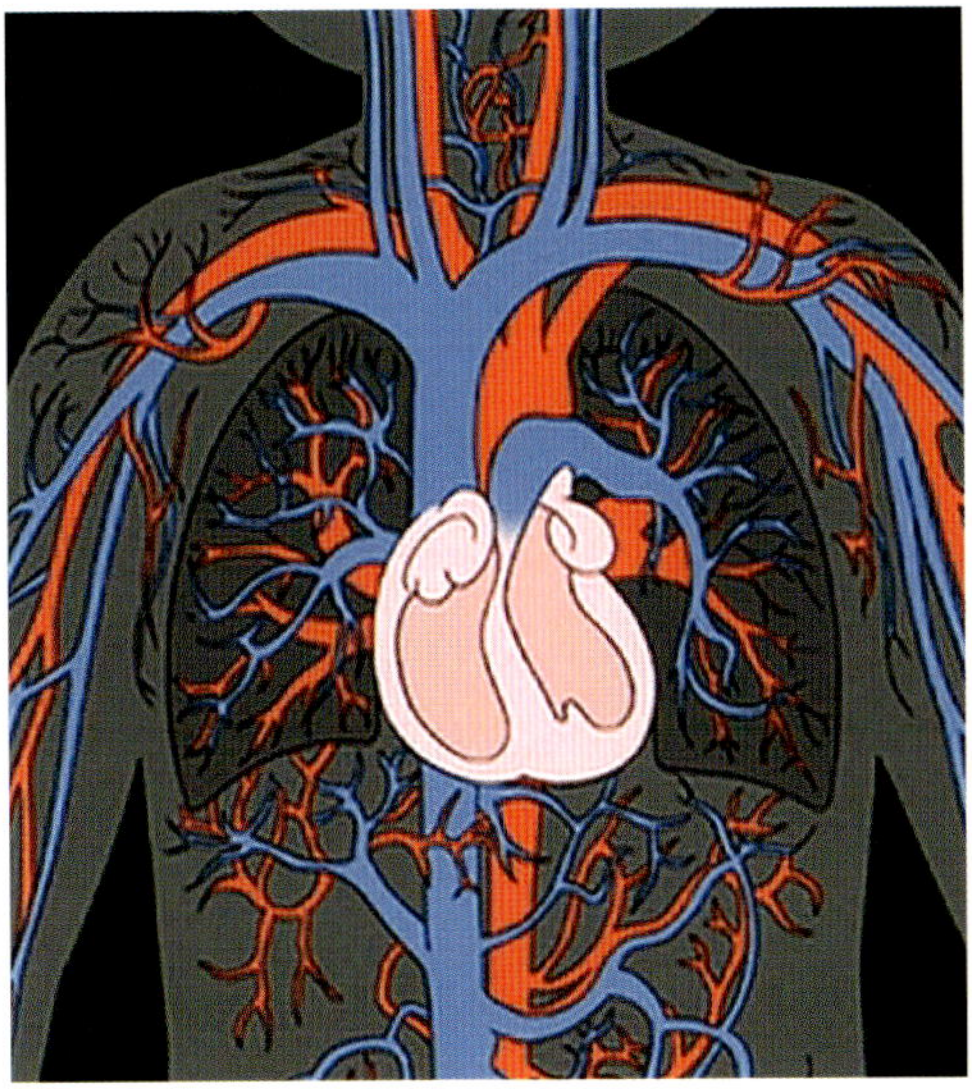

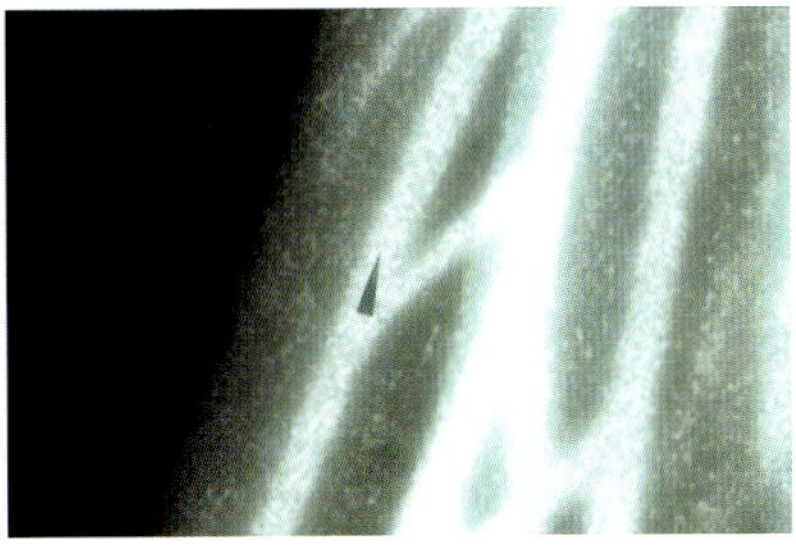

心臓《しんぞう》をおそう針《はり》

ブラック・ジャックの予感《よかん》は的中《てきちゅう》した。

「ええ、おそらく体《からだ》の中《なか》、静脈《じょうみゃく》の中《なか》を流《なが》れていってしまったと思《おも》われます。」

「このレントゲンを見《み》てください。患者《かんじゃ》の右腕《みぎうで》、中心《ちゅうしん》の静脈部分《じょうみゃくぶぶん》に見《み》える針先《はりさき》……。しかもその三十秒後《びょうご》、針《はり》は静脈《じょうみゃく》の中《なか》を移動《いどう》しています。」

医師《いし》たちの説明《せつめい》に、ブラック・ジャックはレントゲンを見《み》つめながらいった。

「血液《けつえき》は静脈《じょうみゃく》を通《とお》り、心臓《しんぞう》をへて肺《はい》を通《とお》り、動脈《どうみゃく》へ流《なが》れている。おそらく今《いま》、針先《はりさき》は血管《けっかん》にひっかかりながら、心臓《しんぞう》へむかっている。」

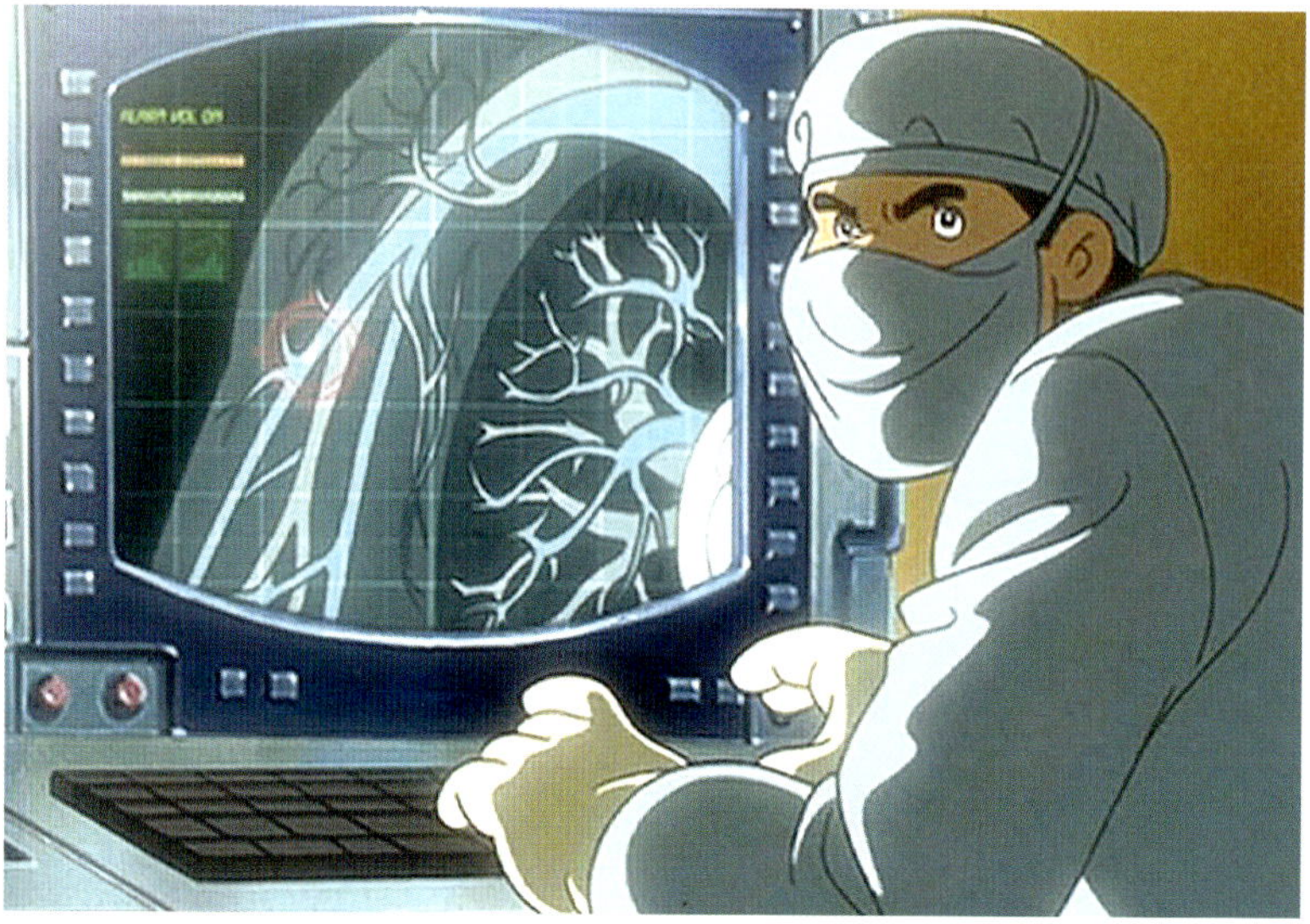

「もし、針先《はりさき》が心臓《しんぞう》へとどいたら……。心臓《しんぞう》の壁《かべ》につきささったら……。心臓《しんぞう》の弁《べん》をきずつけたら……。心臓《しんぞう》をぶじ通《とお》っても、そのあとには肺《はい》がある。そっちはもっとやっかいだ。」

ブラック・ジャックの顔《かお》は、けわしくなっていった。医師《いし》たちは口《くち》ぐちにいいだした。

「肺《はい》の中《なか》をつつきまわったら大出血《だいしゅっけつ》が……。」

「なんとか取《と》りださなくては。」

「しかし、あんな小《ちい》さなものをどうやって摘出《てきしゅつ》するんです？」

「常《つね》に血液《けつえき》に流《なが》されて移動《いどう》している……。」

「患者《かんじゃ》の体力《たいりょく》を考《かんが》えると、大手術《だいしゅじゅつ》は……。」

するとそこへ、心配《しんぱい》そうに和登《わと》とピノコがかけこんできた。

「何《なに》かあったの？　弟《おとうと》の症状《しょうじょう》が悪化《あっか》でも？　手《しゅ》術《じゅつ》は成功《せいこう》したんでしょ？　ねえ、先生《せんせい》！」

レントゲンを見《み》つめていたブラック・ジャックは、和登《わと》のことばにこたえることができなかった。たしかに事故《じこ》は手術後《しゅじゅつご》のことで、彼《かれ》に責《せき》任《にん》はない。しかし、写楽《しゃらく》が今《いま》、たすからない可《か》能性《のうせい》があることにちがいはなかった。

和登《わと》は、ブラック・ジャックにうったえた。

「かならずたすけるって、いったじゃない！」

「もちろんだ。」

ブラック・ジャックは、しずかにむきなおると、スタッフに指示《しじ》を出《だ》しはじめた。

「再手術用意《さいしゅじゅつようい》！　すぐに探知《たんち》センサーを用意《ようい》しろ！　心臓《しんぞう》の手前《てまえ》で針《はり》を摘出《てきしゅつ》する！」

オペ室《しつ》にセンサーがもちこまれ、再手術《さいしゅじゅつ》がはじまった。

「目標《もくひょう》をキャッチしました。右腕鎖骨下静脈部《うわんさこつかじょうみゃくぶ》。まもなく心臓《しんぞう》への上大静脈《じょうだいじょうみゃく》に到達《とうたつ》します。」

センサーは、右腕《みぎうで》の血管《けっかん》を通《とお》る針先《はりさき》をはっきりと映《うつ》しだしていた。ブラック・ジャックは、それを確認《かくにん》すると、すぐに決断《けつだん》した。

「大静脈《だいじょうみゃく》の流《なが》れ口《ぐち》で血流《けつりゅう》を止《と》め、そこで針先《はりさき》を摘出《てきしゅつ》する。」

なんと、針先《はりさき》が心臓《しんぞう》に入《はい》る手前《てまえ》で血管《けっかん》をしばり、血《ち》を止《と》めて針先《はりさき》を取《と》りだそうというのだ。

「患者《かんじゃ》は前《まえ》の手術《しゅじゅつ》で消耗《しょうもう》しています。長時間《ちょうじかん》の血流停止《けつりゅうていし》は……。」

手術《しゅじゅつ》スタッフが危険性《きけんせい》をのべた。

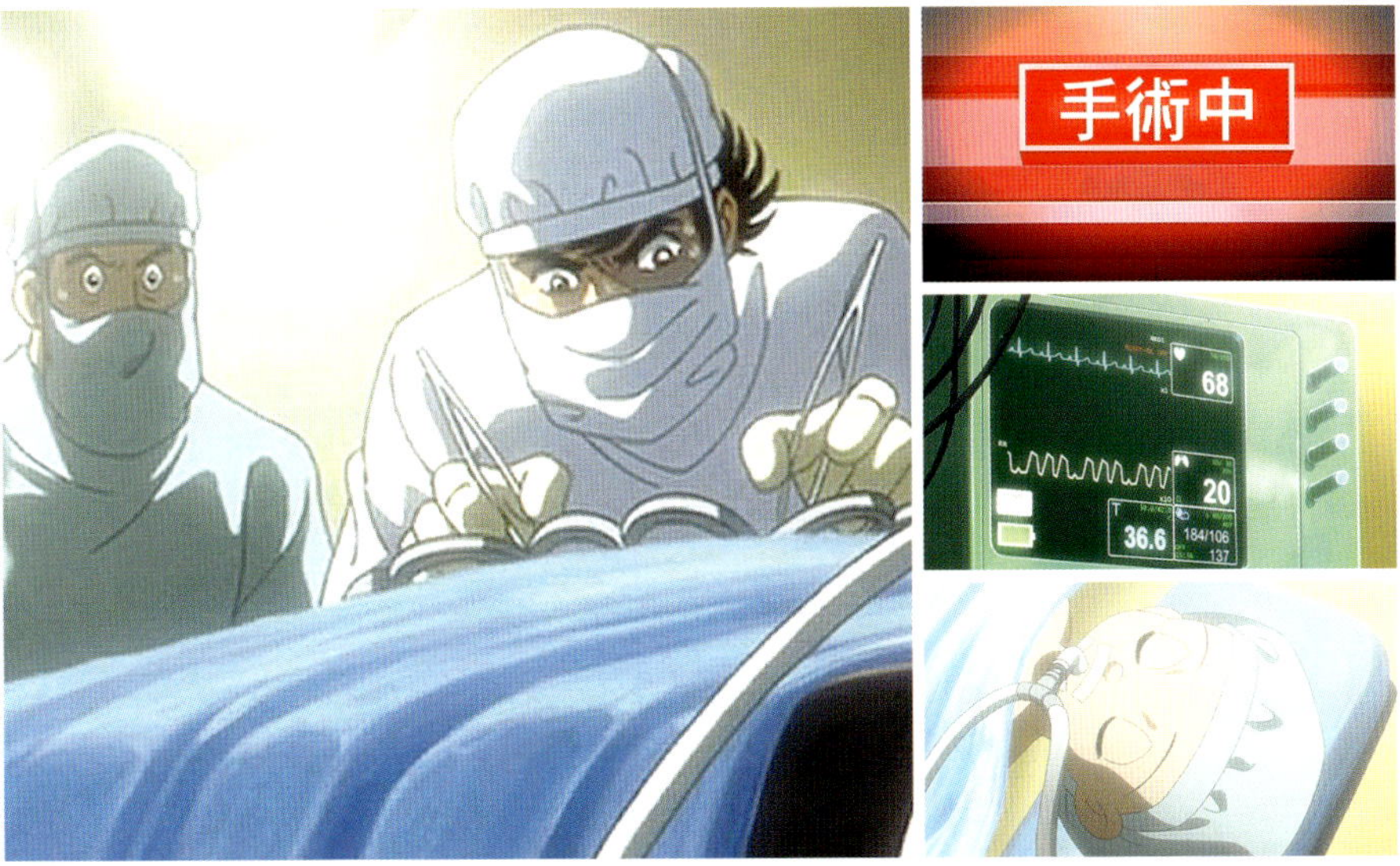

「わかっている。だが、このままでも患者《かんじゃ》が危険《きけん》なことにかわりはない。針《はり》が進《すす》むのが早《はや》いか、わたしの処置《しょち》が早《はや》いか、これは時間《じかん》との勝負《しょうぶ》だ。」

　手術台《しゅじゅつだい》にむかったブラック・ジャックは、写《しゃ》楽《らく》の右肩《みぎかた》を切《き》りひらいた。

「鎖骨上部切開《さこつじょうぶせっかい》！　針《はり》の位置《いち》は？」

「切開部《せっかいぶ》に接近中《せっきんちゅう》。現在《げんざい》のところ、予測時間《よそくじかん》どおりです。」

　ブラック・ジャックのメスさばきは、以前《いぜん》にもまして、早《はや》く正確《せいかく》だった。しかし、二度目《どめ》の大手術《だいしゅじゅつ》なので、患者《かんじゃ》の全身《ぜんしん》の状態《じょうたい》もこまめにチェックする必要《ひつよう》がある。

「バイタル？」

「正常《せいじょう》をたもっています。」

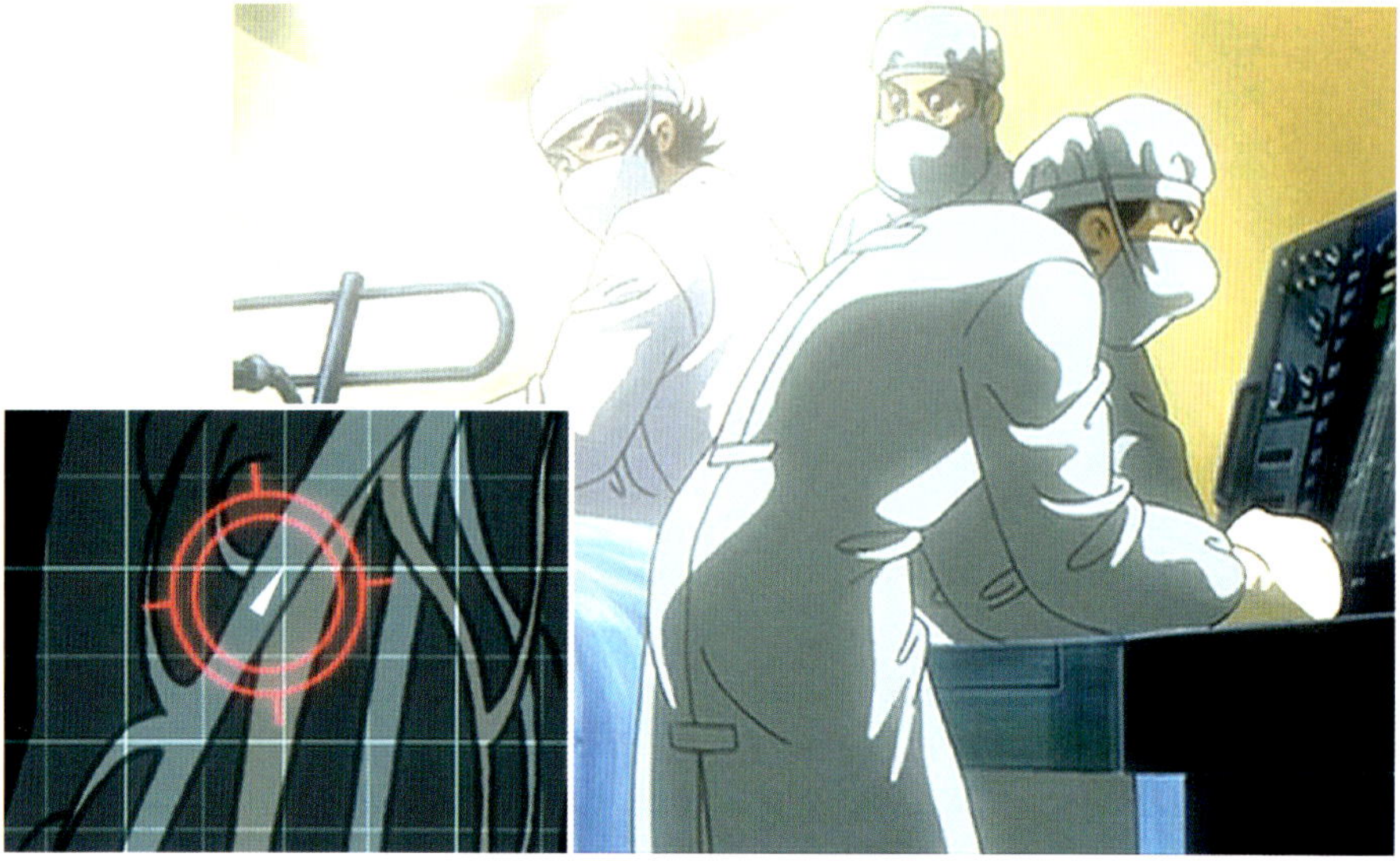

「よし、この調子《ちょうし》なら、確実《かくじつ》に……。」

ブラック・ジャックが、この手術《しゅじゅつ》の成功《せいこう》を確《かく》信《しん》した、そのときだった――。

ピッピッピッ！

センサーが、異常《いじょう》を知《し》らせる警告音《けいこくおん》を発《はっ》したのだ。手術《しゅじゅつ》スタッフがいった。

「は……、針《はり》のスピードがあがりました！　流《なが》れが速《はや》く……、いえ、血管《けっかん》が太《ふと》くなり、ひっかかりがなくなったようです！」

血管《けっかん》は、体《からだ》の各部分《かくぶぶん》から心臓《しんぞう》に集《あつ》まってくるため、心臓《しんぞう》に近《ちか》い太《ふと》い血管《けっかん》の中《なか》では、流《なが》れる血《けつ》液《えき》の量《りょう》が多《おお》くなる。針《はり》が腕《うで》の細《ほそ》い血管《けっかん》を通《とお》っているあいだは壁《かべ》にひっかかっていたのだが、心《しん》臓《ぞう》に近《ちか》い場所《ばしょ》ではなめらかに流《なが》れてしまうのだ。

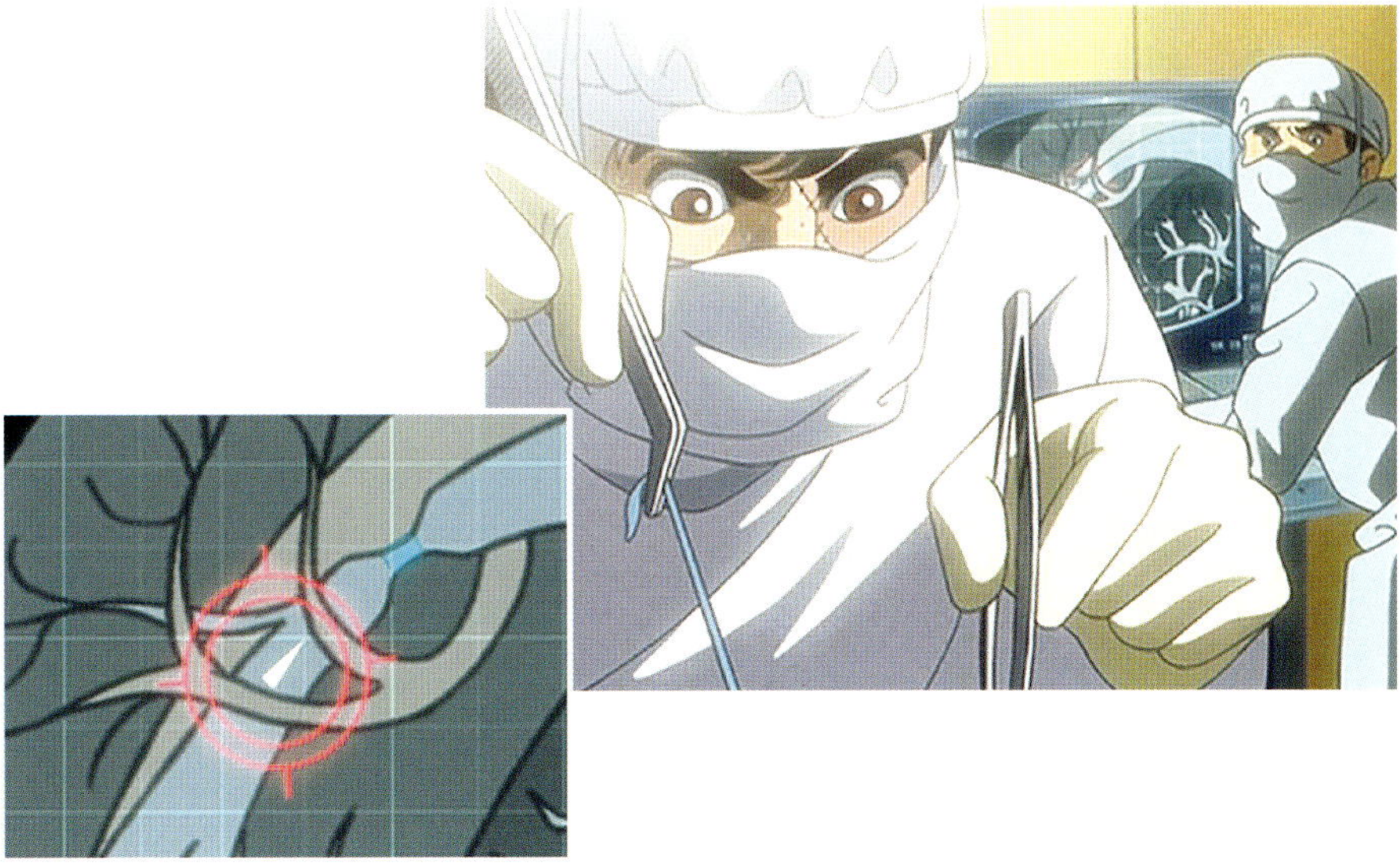

「先生《せんせい》！　急《いそ》いでください。」

「早《はや》くしないと、針《はり》がポイントを通過《つうか》してしまいます！」

「わかってる！」

ブラック・ジャックは、指先《ゆびさき》に神経《しんけい》を集中《しゅうちゅう》させて、作業《さぎょう》をさらに早《はや》めた。

「まもなく、針《はり》がポイントに到達《とうたつ》します！」

針《はり》は、さらにポイントにせまってきた。

「よし、静脈《じょうみゃく》が露出《ろしゅつ》した。」

「針《はり》が通過《つうか》します。先生《せんせい》！」

ブラック・ジャックは、静脈《じょうみゃく》の外側《そとがわ》に糸《いと》を巻《ま》きつけた。

「血流《けつりゅう》……、結紮《けっさつ》！」

しかし、センサーのモニターには――。

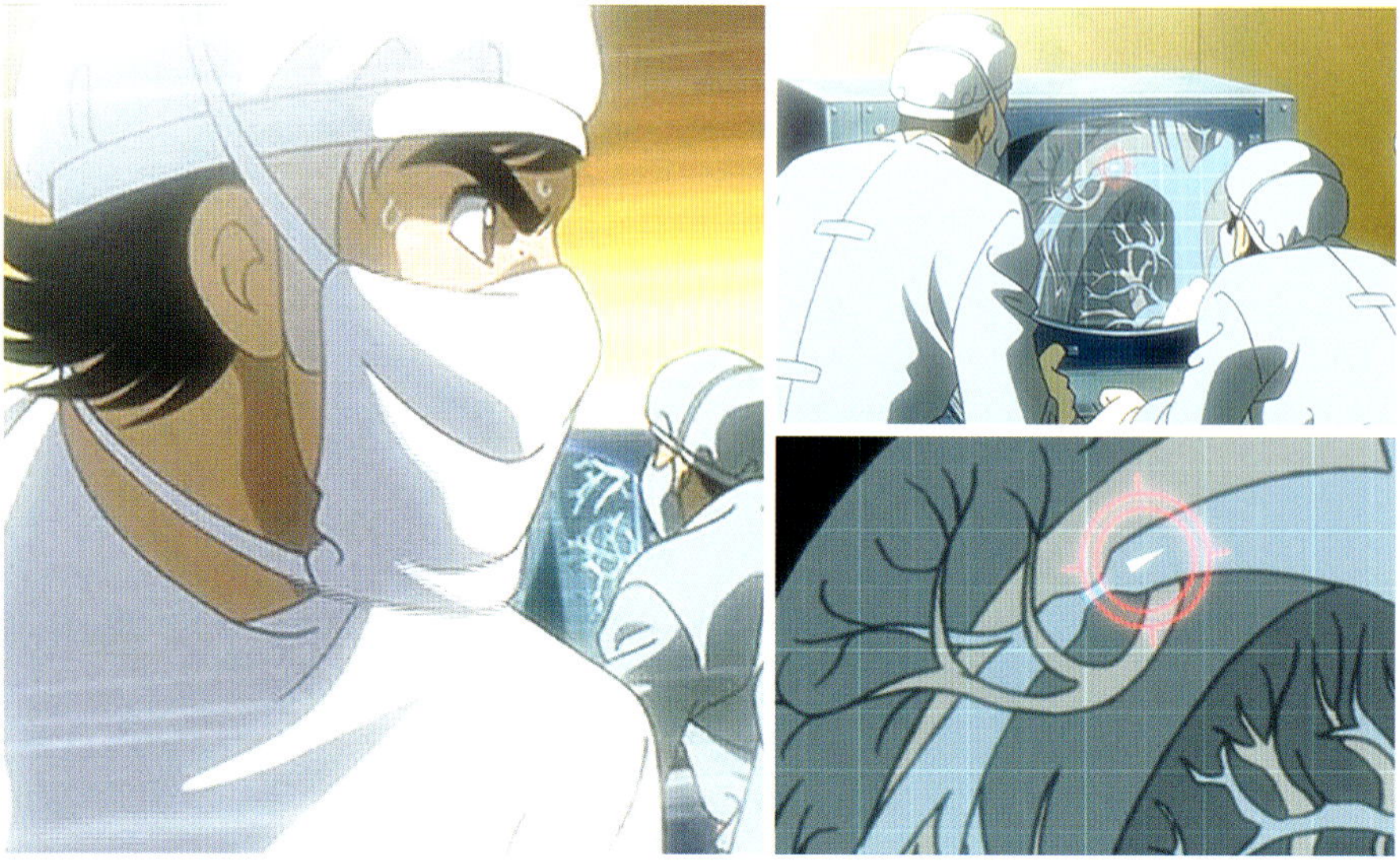

「ダメです！　針《はり》が結紮部《けっさつぶ》を通過《つうか》しました！」

モニターには、糸《いと》でしばった血管《けっかん》の部分《ぶぶん》を針《はり》が通《とお》りぬけるようすが、くっきりと映《うつ》しだされていた。

「目標《もくひょう》は、大静脈《だいじょうみゃく》へ進行《しんこう》！　心臓《しんぞう》へとむかっています！」

モニターを見《み》つめる手術《しゅじゅつ》スタッフの大《おお》きな声《こえ》がとぶ。

「まだ手段《しゅだん》はある！」

オペ室《しつ》に絶望的《ぜつぼうてき》な空気《くうき》が流《なが》れる中《なか》でも、ブラック・ジャックはあきらめていなかった。

「切開部《せっかいぶ》を緊急縫合《きんきゅうほうごう》！　人工心肺《じんこうしんぱい》を大至急《だいしきゅう》、用意《ようい》しろ！　大静脈《だいじょうみゃく》を人工心肺《じんこうしんぱい》につなぎ、針《はり》をそちらに流《なが》しこむ。そうすれば心臓《しんぞう》は安全《あんぜん》だ！」

なんと、わずかな時間《じかん》で胸《むね》を切開《せっかい》し、血管《けっかん》を人工心肺《じんこうしんぱい》につなぎ、心臓《しんぞう》をまもるというのだ。

「針《はり》は、あと一分《ぷん》ほどで心臓《しんぞう》に到達《とうたつ》します！」

「先生《せんせい》！　もう……。」

「いや、まにあわせる！　消毒《しょうどく》！」

ブラック・ジャックは胸《むね》を切《き》りひらいた。

「メス！　止血鉗子《しけつかんし》もだ！　早《はや》く！」

「あと二十秒《びょう》！　あと十五秒《びょう》！」

スタッフから、のこり時間《じかん》が告《つ》げられた。しかし、ブラック・ジャックの手《て》の動《うご》きは、驚異《きょうい》的《てき》に速《はや》まっていく。

「まさに神業《かみわざ》だ！」

しかし、針《はり》は着実《ちゃくじつ》に心臓《しんぞう》に近《ちか》づいていく。

「あと十秒《びょう》です。十、九、八、七……。」

そのときだった。モニターを見《み》ていた手術《しゅじゅつ》スタッフが、思《おも》いがけないことばをさけんだのだ。

「も、目標喪失《もくひょうそうしつ》、針《はり》が消《き》えました！」

「なんだって!!」

ブラック・ジャックが声《こえ》をあげると、ほかの医師《いし》たちも口《くち》ぐちにさけんだ。

「そんなことってあるか。再《さい》スキャンしてみろ！」

「どこをさがしても見《み》あたりません！」

「そんなバカな！　急《きゅう》に消《き》えるなんて！」

「ほかの臓器《ぞうき》のかげになってないのか！　よくしらべたまえ！」

「もしかしたら、手術器具《しゅじゅつきぐ》がじゃまして、センサーに反応《はんのう》しないのかもしれません……。」

手術《しゅじゅつ》スタッフが自信《じしん》なさそうにいうと、ブラ

ック・ジャックが指示《しじ》をあたえた。

「今《いま》、器具《きぐ》をはずすわけにはいかない。簡易《かんい》レントゲンをとれ！」

オペ室《しつ》は大混乱《だいこんらん》となっていた。ブラック・ジャックは作業《さぎょう》の手《て》を止《と》めて、スタッフに告《つ》げた。

「人工心肺設置完了《じんこうしんぱいせっちかんりょう》。作動開始《さどうかいし》。流《なが》れの中《なか》の異《い》物《ぶつ》をチェック！」

スタッフが急《いそ》いで人工心肺《じんこうしんぱい》をチェックするが、人工心肺《じんこうしんぱい》の中《なか》に異物《いぶつ》はなかった。

「先生《せんせい》！　レントゲンです。」

ブラック・ジャックがあわててレントゲンを確認《かくにん》する。

「見《み》あたらないぞ！」

レントゲンにも針先《はりさき》の影《かげ》は見《み》えなかったのだ。

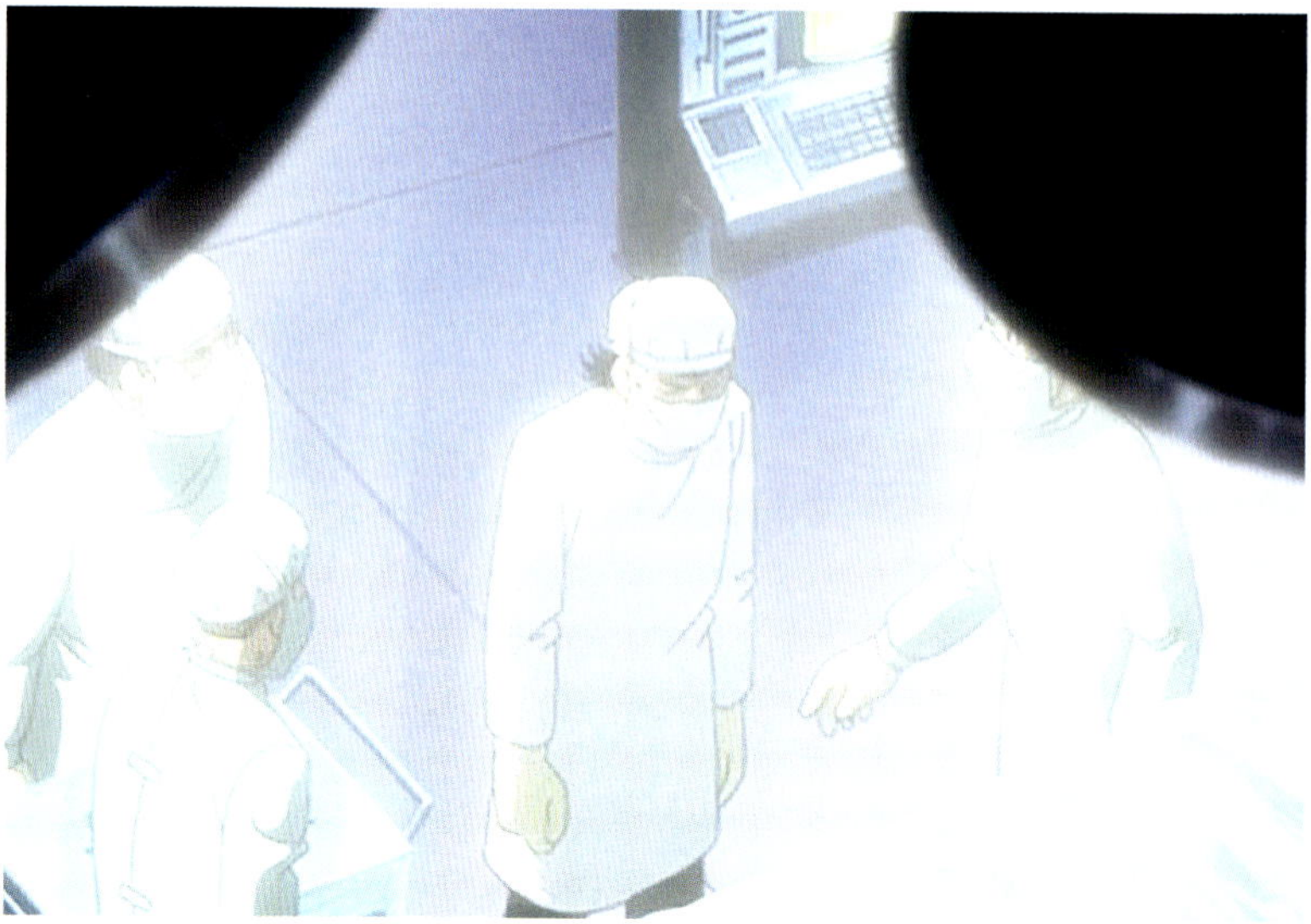

「これは、本当《ほんとう》に消《き》えてしまったとしか、いいようがありません。」

スタッフの悲痛《ひつう》な声《こえ》がひびく。

「消《き》えたのか？　本当《ほんとう》に……。」

ぼうぜんとつぶやくブラック・ジャックに、麻酔医《ますいい》が冷静《れいせい》にいった。

「これ以上《いじょう》の手術《しゅじゅつ》は患者《かんじゃ》が危険《きけん》です。」

「しかし、まだ針《はり》は見《み》つかっていないんです。」

スタッフのひとりが食《く》いさがる。しかし、手《しゅ》術中《じゅつちゅう》、麻酔医《ますいい》の意見《いけん》はぜったいだ。麻酔医《ますいい》が手《しゅ》術《じゅつ》を危険《きけん》だと判断《はんだん》した瞬間《しゅんかん》、手術《しゅじゅつ》はおわる。それが手術《しゅじゅつ》のルールなのだ。

「オペは中止《ちゅうし》だ。あとはよろしくたのむ。」

ブラック・ジャックはしずかにつぶやいた。

オペ室《しつ》を出《で》ると、そこには和登《わと》とピノコがまっていた。ふたりはブラック・ジャックのすがたを見《み》つけて、心配《しんぱい》そうにかけよった。

「ちぇんちぇい！」

「先生《せんせい》……。写楽《しゃらく》は？」

しかし、ブラック・ジャックは、ふたりの顔《かお》をまともに見《み》ることができなかった。

「手術料《しゅじゅつりょう》は必要《ひつよう》ない……。」

やっと、それだけをつぶやいた。そして、うつむいたまま、ふたりに背《せ》をむけて、しずかに立《た》ちさった。

「え……。」

和登《わと》は何《なに》も聞《き》けなかった。ぼうぜんとする和《わ》登《と》とピノコだけが、廊下《ろうか》に取《と》りのこされた。

まだ道《みち》はつづく

西《にし》にかたむいた太陽《たいよう》が水平線《すいへいせん》に近《ちか》づくにつれて、空《そら》は赤《あか》みをまし、夕焼《ゆうや》けが雲《くも》と空《そら》をそめていった。

海《うみ》の見《み》えるがけの上《うえ》の家《いえ》にもどったブラック・ジャックとピノコは、夕日《ゆうひ》のさしこむ部屋《へや》でくつろいでいた。

そのとき電話《でんわ》が鳴《な》った。

ジリリリリ……。

受話器《じゅわき》を取《と》ると、相手《あいて》の話《はなし》に、ブラック・ジャックは思《おも》わず声《こえ》をあらげた。

「なんだって！　そんなバカな！」

　ブラック・ジャックは、ピノコといっしょに車《くるま》にとびのると、病院《びょういん》へとむかった。とつぜんの電話《でんわ》は、こんな思《おも》いがけないものだったのだ。

《……針《はり》が、出《で》てきたんです！　それも、もとの腕《うで》から。しかも動脈《どうみゃく》からなんです。》

　病院《びょういん》に着《つ》くと、ブラック・ジャックは、医局《いきょく》で写楽《しゃらく》の担当医《たんとうい》に説明《せつめい》を求《もと》めた。

「針《はり》は、右腕《みぎうで》の静脈《じょうみゃく》から心臓《しんぞう》へ、心臓《しんぞう》から肺《はい》を通《とお》りぬけ、動脈《どうみゃく》へと入《はい》り、ふたたびもとの右腕《みぎうで》にもどってきたんです。どこもきずつけることもなく……。」

「じゃあ、まるで、まずい食《く》い物《もの》を食《く》った口《くち》が、またはきだすように、しぜんにはきだされたというわけなのか……。信《しん》じられん！」

どうしても信《しん》じられないブラック・ジャックは、なおも食《く》いさがった。

「じゃあ、オペ中《ちゅう》、針《はり》が急《きゅう》に行方不明《ゆくえふめい》になったのは、なんなんだ？」

「わたしにもわかりません。これは想像《そうぞう》ですが、あのとき、すでに針《はり》は、心臓《しんぞう》も肺《はい》も通《とお》りすぎ、動脈《どうみゃく》に入《はい》ったのではないかと……。」

そういうと、担当医《たんとうい》は、小《ちい》さな皿《さら》をさしだして、彼《かれ》に見《み》せた。

「これがすべての証拠《しょうこ》です。」

その皿《さら》には、折《お》れて写楽《しゃらく》の体《からだ》の中《なか》に入《はい》り、ブラック・ジャックたちがどうしても取《と》りだすことのできなかった、点滴《てんてき》の針《はり》がおさめられていたのだ。

そのころ、病室《びょうしつ》では、写楽《しゃらく》とピノコが楽《たの》しそうに話《はな》していた。

「よかったのよさ、写楽《しゃらく》くん。」

「もうすぐ、退院《たいいん》できるって。」

「じゃあ、またがんばんなくっちゃ。」

「何《なに》を？」

「いじめっ子《こ》をやっつけゆ特訓《とっくん》よ。」

いっしょに病室《びょうしつ》にいた和登《わと》は、ブラック・ジャックがドアのすきまから中《なか》をのぞき、そのまま立《た》ちさろうとするのに気《き》づいた。

和登《わと》はうしろから声《こえ》をかけた。

「ありがとう。先生《せんせい》。」

「わたしは何《なに》もできなかった……。」

ふりかえりもせずブラック・ジャックがいった。

「そんなことないよ。だって、写楽《しゃらく》をたすけてくれたのは、たしかに先生《せんせい》なんだから。きっとあのとき、奇跡《きせき》がおきたんだ。」

「奇跡《きせき》？」

ブラック・ジャックは、和登《わと》のことばを思《おも》わず聞《き》きかえした。

窓《まど》の外《そと》には枯《か》れ葉《は》が舞《ま》い、秋《あき》の景色《けしき》を作《つく》りだしている。和登《わと》は、窓《まど》の外《そと》の夕暮《ゆうぐ》れを見《み》つめながら、ことばをつづけた。

「奇跡《きせき》って、人《ひと》の強《つよ》い意志《いし》の上《うえ》に成《な》りたつものなんだって。あのとき、先生《せんせい》はひっしになって写楽《しゃらく》をすくおうとしてくれた。ほかの先生《せんせい》や看《かん》護師《ごし》さんたちも。ぼくやピノコちゃん、みんなの気《き》もちが奇跡《きせき》をおこしたんだと思《おも》う。」

「しかし……。」

ブラック・ジャックは、和登《わと》のことばをすなおにうけいれることができなかった。

治療《ちりょう》とは、万《まん》にひとつの奇跡《きせき》をねがうのではなく、自分《じぶん》がみがいてきた最高《さいこう》の技術《ぎじゅつ》をほどこすこと。それこそが彼《かれ》の信念《しんねん》だった。

和登《わと》は、さらにことばをつづけた。

「理屈《りくつ》じゃない！　理屈《りくつ》で説明《せつめい》がつかないことだから奇跡《きせき》なんだ！」

ブラック・ジャックは、ハッとしたように和《わ》登《と》を見《み》つめた。

「だから先生《せんせい》、ありがとう。」

そういうと、和登《わと》は、ブラック・ジャックに深《ふか》ぶかと頭《あたま》をさげた。

病院《びょういん》から家《いえ》にもどる車《くるま》の助手席《じょしゅせき》では、ピノコがすやすやとねむっている。

ハンドルをにぎるブラック・ジャックは、彼《かれ》の恩師《おんし》・山田野《やまだの》教授《きょうじゅ》のことばを思《おも》いだしていた。

《人間《にんげん》の体《からだ》をあなどってはいかん。きっと、しっぺがえしを食《く》らうぞ。》

あの消《き》えた針《はり》は、みずからの技術《ぎじゅつ》に自信《じしん》をもちすぎた、自分《じぶん》へのしっぺがえしだったのだろうか――。

彼《かれ》の心《こころ》には、さまざまな思《おも》いがかけめぐった。

「まだ道《みち》はこれからだ。」

車《くるま》は家《いえ》へとむかっている。

しかし、ブラック・ジャックのすすむ道《みち》は、どこへむかっているのだろうか。

ブラック・ジャック

この本は、テレビアニメーション「ブラック・ジャック」をもとにつくられました。

「ブラック・ジャック」スタッフ&キャスト

〜メインスタッフ〜
原作●手塚治虫
製作統括●松谷孝征、小石川伸哉
企画●清水義裕、諏訪道彦
音楽●松本晃彦
チーフディレクター●桑原 智
メインキャラクターデザイン●神村幸子
美術監督●斉藤雅巳、柴田正人
撮影監督●木村俊也
デジタルテクニカルディレクター●高橋賢太郎
編集●森田清次
医学アドバイザー●竹下俊隆
音響監督●井澤 基
プロデューサー●斎藤朋之、宇田川純男
チーフプロデューサー●諏訪道彦、久保田 稔
監督●手塚 眞
制作●よみうりテレビ／手塚プロダクション

「プロローグ」
〜キャスト〜
本間丈太郎：阪 脩
間 黒男（少年）：百々麻子

「オペの順番」
〜スタッフ〜
シナリオ●吉村元希
絵コンテ●桑原 智
キャラクターデザイン、作画監督●瀬谷新二
演出●桑原 智
〜キャスト〜
ブラック・ジャック●大塚明夫
ピノコ●水谷優子
田中代議士●宝亀克寿
秘書●大西健晴
母親●伊藤美紀
赤ちゃん●谷井あすか
密猟者●難波圭一

「消えた針」
〜スタッフ〜
シナリオ●大和屋 暁
絵コンテ●吉村文宏
キャラクターデザイン、作画監督●内田 裕
演出●吉村文宏
〜キャスト〜
ブラック・ジャック●大塚明夫
ピノコ●水谷優子
和登●小野涼子
写楽●佐藤ゆうこ
本間久美子●川瀬晶子
コング●岩田光央
山田野教授●大木民夫

手塚治虫 プロフィール

1928年11月3日、大阪府豊中市生まれ。本名は手塚治。兵庫県宝塚市で育つ。大阪大学医学専門部卒業。医学博士。1946年、「マアチャンの日記帳」で漫画家デビュー。1947年、「新宝島」が大ヒット。以来、日本のストーリー漫画の確立につくし、アニメーションの世界でも偉大な業績を残す。漫画作品は、文学や映画など、あらゆるジャンルに影響をあたえた。また、アニメーション作品は、アメリカ、ヨーロッパ、アジアの各国にも輸出され、世界中で愛されている。

小学館漫画賞、講談社漫画賞、文藝春秋漫画賞、日本漫画家協会特別賞、毎日映画コンクール大藤信郎賞など多数受賞。代表作に「鉄腕アトム」「リボンの騎士」「火の鳥」「ジャングル大帝」「ブラック・ジャック」「陽だまりの樹」「アドルフに告ぐ」などがある。

1989年2月9日、60年の生涯を閉じた。

手塚プロダクション　公式ホームページ
http://tezukaosamu.net/

アニメ版 ブラック・ジャック

オペの順番

二〇〇九年九月　初版発行

原作／手塚治虫

発行／株式会社 金の星社
〒一一一―〇〇五六　東京都台東区小島一―四―三
電話〇三（三八六一）一八六一
FAX〇三（三八六一）一五〇七
http://www.kinnohoshi.co.jp
振替〇〇一〇〇―〇―六四六七八

編集協力／ワン・ステップ
印刷／広研印刷株式会社
製本／東京美術紙工

NDC913　96p.　21.5cm　ISBN978-4-323-07157-2

Published by KIN-NO-HOSHI SHA, Tokyo, Japan.